오두미예

오루미예

발행일	2016년 7월 11일

지은이	김 두		
펴낸이	손 형 국		
펴낸곳	(주)북랩		
편집인	선일영	편집	김향인, 권유선, 김예지, 김송이
디자인	이현수, 신혜림, 윤미리내, 임혜수	제작	박기성, 황동현, 구성우
마케팅	김회란, 박진관, 오선아		
출판등록	2004. 12. 1(제2012-000051호)		
주소	서울시 금천구 가산디지털 1로 168, 우림라이온스밸리 B동 B113, 114호		
홈페이지	www.book.co.kr		
전화번호	(02)2026-5777	팩스	(02)2026-5747
ISBN	979-11-5987-113-9 03810(종이책)		979-11-5987-114-6 05810(전자책)

이 도서의 국립중앙도서관 출판예정도서목록(CIP)은 서지정보유통지원시스템 홈페이지(http://seoji.nl.go.kr)와
국가자료공동목록시스템(http://www.nl.go.kr/kolisnet)에서 이용하실 수 있습니다.
(CIP제어번호 : CIP2016016518)

성공한 사람들은 예외없이 기개가 남다르다고 합니다.
어려움에도 꺾이지 않았던 당신의 의기를 책에 담아보지 않으시렵니까?
책으로 펴내고 싶은 원고를 메일(book@book.co.kr)로 보내주세요.
성공출판의 파트너 북랩이 함께하겠습니다.

인생의 위기에서
나를 건져낸 그 한마디

김 두 장편소설 오류미예

북랩 book Lab

작가의 말

이란은 1979년 이란혁명 이후 1980년부터 1988년까지 이란-이라크 전쟁을 겪었습니다. 전쟁의 상처가 치유되지도 않은 채 이란은 미국의 경제제재 정책으로 인해 곤란해집니다. 그러면서 이란 사람들의 살림은 망가졌습니다. 그러나 이런 어려움 속에서도 이란 사람들은 시를 사랑하고, 이방인을 가족처럼 대하였습니다. 신앙을 바탕으로 배려와 친절을 몸소 실천하며 살아가고 있었습니다.

이란은 세계 종교사의 위치로 볼 때도 중요한 곳입니다. 최초의 고등종교라 할 수 있는 조로아스터교의 발원지이며, 한때 그리스도교가 이곳에서 맹위를 떨치기도 하였습니다. 불교도 상당히 많이 이 지역에 영향을 끼쳤습니다. 이들을 종합하려는 마니교라는 종교도 이곳에서 시작되었습니다. 그리고 이슬람교가 이 모든 종교의 흐름을 품고 지금의 주류 종교가 되었습니다.

그래서 이란 사람들의 종교를 단순히 '이슬람교 국가인가?'라고 묻는다면 여기에 답을 하기가 쉽지 않습니다. 오히려 이들은 지금까지의 모든 종교에 내재된 '정신'을 이슬람이라는 '그릇'에 담고 있는 것일 뿐입니다.

그렇다면 이들의 신앙은 무엇일까요? 조로아스터교일까요. 그리스도교일까요. 이슬람일까요. 저는 이들의 종교가 '시詩'에 가깝다고 생각합니다. 그 어떤 교리나 관습에 얽매이지 않고, 시를 통해서 자신들의 삶을 표현했던 이들의 전통이 지금 이란의 신앙인 것 같습니다. 그래서 이란 곳곳에는 시인을 기리는 영묘가 있습니다.

저는 신학을 공부했습니다. 지금도 하고 있습니다. 한 종교에 갇혀 교리만을 답습하는 신앙으로는 더 이상 살아갈 수 없다는 것을 느꼈습니다. 이 세상을 따뜻하게 하는 '자비'는 결코 그 어떤 교리에도 갇히지 않기 때문입니다. 그리고 사람 사이에서도 마찬가지입니다.

지금 우리는 모든 것을 이분법으로, 흑백 논리로 가두려는 세상에 살고 있습니다. 나와 너, 선과 악, 참과 거짓, 남자와 여자, 위와 아래, 좌와 우, 종업원과 손님, 선생과 학생 등 이런 이분법적 생각으로 모든 인간관계를 규정지으니 피곤합니다. 사실 우리는 모두 알고 보면 사랑과 위로가 필요한 작은 사람일 뿐인데 말입니다.

이 글에서 주인공 호잣과 '나'는 끊임없이 이 이분법적 세계를 뛰어넘으려고 합니다. 그리고 흑과 백 사이에 무수하게 펼쳐진 자신만의 색깔을 찾습니다.

그 색깔은 나시르 알 물크 모스크의 여러 빛에서, 하주 다리를 비추는 달빛과 조명 빛에서, 시와 가락이 만나는 노래에서, 낮과 밤이 만나는 노을빛에서, 그리고 오루미예 호수에서 찾을 수 있습니다. 그리고 이승에 남아 살아가는 사람들과 이제는 더 이상 만날 수 없는 저승의 사람들 사이에 소통이 무엇인지도 끊임없이 호잣과 '나'를 통해서 묻습니다.

그 대답은 어쩌면 단 한마디의 말일지도 모릅니다. 단 한마디의 말로 우리는 어쩌면 이분법으로 모든 것을 갈라놓는 세상을 조금은 다르게 살아갈 수 있을지 모르겠습니다. 호잣은 그 한마디 말을 끊임없이 기도로 찾고, '나'는 여행으로 찾아 나섭니다. 그리고 이 둘은 마침내 만납니다.

책 속에는 여러 장소가 등장합니다. 이 장소들은 제가 실제로 가서 보면서 감상을 적었던 곳입니다. 여러 사람들도 등장합니다. 역시 이들과 실제로 만나 손짓과 발짓을 통해 대화를 나누며 서로의 이름을 주고받고 기억하고 있습니다.

이 글의 주인공 호잣 또한 제가 오루미예에서 만난 사람입니다. 제 또래의 나이로 늘 청바지에 말끔하게 다려진 셔츠를 입고 있었습니다. 그의 친절한 안내로 오루미예를 구석구석 살펴볼 수 있었습니다. 그리고 그는 이분법적 사고에 갇혀 있던 제게 큰 선물을 줍니다. 그것은 단 한마디 말이었습니다. 이 단 한마디의 말이 퍼져서 조금은 이 세상을 따뜻하게 해주기를 기도하며 여행합니다.

이 단 한마디의 말을 독자 여러분께서도 찾아보시기를 기도합니다.

차 례

1부
오후미예 호수

여름이 지나자 메말랐던 건기도 끝이 났다. 새하얀 소금만 눈부시게 반짝이던 오루미예[1] 호수에는 서서히 물이 차오르기 시작했고, 호수 한가운데를 가로지르는 도로 공사도 슬슬 끝나가고 있었다. 삽을 든 몇몇 염전상들은 건기가 끝나기 전 막바지 소금을 퍼 올리고 있었고, 또 다른 몇몇 염전상들은 아무도 사지 않을 것 같은 소금을 자루에 잔뜩 담아놓고 지나가는 차들만 바라보고 있었다.

이때에 맞춰 모함메드 호잣네 가족은 호숫가로 나들이를 나선다. 어머니, 아버지, 위로 누나만 셋인 호잣네가 한번 나들이를 나서면 전날부터 소란이었다. 호잣의 어머니는 얇게 펴서 구워낸

---

1) 오루미예: 이란 북서부에 위치하며, 해발 1,330m에 있는 도시이다. 오루미예 호수 서쪽 편에 있다. 오루미예는 '물의 도시'라는 뜻이다.

난을 가져갈지 터키에서 들어온 빵을 가져갈지 고민했고, 제대로 사용하지도 않을 접시며 포크, 나이프들을 챙겼다.

누나들은 도대체 누구한테 잘 보이려고 그러는지 호숫가에 남자라곤 호잣과 아버지, 그리고 저 멀리 염전상들뿐인데도 온갖 꽃단장을 한다. 어차피 히잡[2]으로 가릴 머리는 왜 그렇게 묶고 풀기를 반복하는지 도무지 알 수가 없었다. 누나들은 서로 이게 예쁘니 저게 예쁘니 하며 결국에는 그리스 정교회에 다니는 쉬미나 친구의 머리로 다 따라 했다.

호잣의 아버지는 이런 누나들의 모습을 보고 살짝 시선을 피하곤 차에 시동을 건다. 일본산 소형 승용차에 여섯 명이 구겨져 올라탔다. 누나들 셋은 뒷자리에 앉았다. 첫째 누나 다비야, 둘째 누나 쉬미나, 셋째 누나 카말은 줄지어 앉았다. 둘째 누나 쉬미나는 항상 가운데 자리에 앉았다. 자동차가 비좁아서 가운데 자리에 앉게 되면 몸이 운전석과 조수석 사이로 비집고 자리를 잡을 수밖에 없게 된다. 쉬미나는 불평 한마디 없이 두 팔꿈치를 운전석과 조수석 한쪽 귀퉁이에 올려놓고 아무렇지 않게

---

2) 히잡: 무슬림 여성들은 이슬람 종파나 지역의 특색에 따라 머리와 얼굴 또는 몸 전체를 천으로 가린다. 히잡은 얼굴만 내놓는 두건이다. 차도르는 머리와 상체의 일부분을 가린다. 니카브는 눈을 제외한 전신을 가리는 두건이며, 부르카는 눈을 포함한 전신을 가린다. 이란의 대부분 여성들은 차도르나 히잡을 사용하는데, 일을 하거나 젊은 여성은 대부분 히잡을 사용한다.

수다를 떨었다.

호잣의 누나들은 자동차가 달리기 시작하자 히잡을 벗고서는 차창을 거울삼아 머리새를 매만지기 시작했다. 쉬미나는 다비야 쪽에 난 창가로 몸을 크게 비틀어서 머리를 만졌다. 어머니는 호잣을 품에 안고 아버지에게 뭐 그리 할 말이 많은지 운전석만을 보고 있었다.

아버지는 별다른 말 없이 액셀을 밟았고, 호수 도로 초입에 들어서자 잠시 차를 세우곤 내려서 일꾼들과 포옹을 나누며 인사를 했다. 그리고 다시 차에 올라 도로 한가운데로 향했다. 호잣은 거의 창문에 매달리다시피 했다. 창문 밖으로 소금 냄새와 산줄기들로부터 스며들어오는 물 냄새가 호잣의 코 안으로 스며들었다. 비릿하면서도 신선한 냄새에 취할 무렵 차는 멈추고 어머니는 자리를 깔기 시작했다.

오루미예 호수는 지금이 나들이 철은 아니다. 다만 이 시기에 가장 사람이 없다며 아버지와 어머니는 늘 이때 온다고 했다. 호잣은 호수 주변을 걷다가 물과 소금바닥 사이의 구분이 안 돼 그만 발을 헛디디고 말았다. 소금기 가득한 물이 호잣의 눈가를 스치자 따가움에 절로 손이 눈으로 향했다. 호잣이 아픈 눈을 비비며 다른 쪽 눈까지 닦아냈다.

잠깐의 따가움이 가신 뒤 눈을 떠보니 수평선 너머로 하늘과 호수의 데칼코마니가 반으로 접혔다가 펼쳐졌다. 그리고 하늘과 땅은 그 무너진 경계를 드러냈다. 하늘에 있는 구름이 똑같은 모양으로 호수 수면 위에 떠올랐다. 파란 하늘빛이 그대로 호수 아래로 내려와 어디가 호수이고 어디가 하늘인지 알 수가 없었다.

넋을 놓고 호수 저편으로 향하던 호잣의 발걸음을 어머니가 불러 세웠다. 냉큼 자신의 옆에 앉혀 놓고선 딱히 하는 거 없이 과일을 닦아 내놓으셨다. 호잣은 포도를 집어 들었다. 좀 오래된 것인지 몇 알은 신선하던 옥 빛깔 대신 검푸르스름한 포도 한 알을 씹었다. 알맹이가 껍질 밖으로 터지고 나오면서 씁쓸하면서도 달콤한 과즙이 입안을 감돌았다.

살짝 놀라 포도송이를 바라보니 이미 남은 건 싱싱한 옥 빛깔 포도알 뿐이었다. 그리고 아버지 앞에 이미 썩었다고 봐도 무방할 정도의 검푸른 포도가 놓여 있었다.

호잣은 다시 포도 몇 알을 먹고 나서 어머니 옆을 박차고 나오려고 했다. 그러자 누나들 셋이 호잣을 가만 내버려두지 않았다. 장난인 건지 미운 건지, 호잣은 누나들의 짓궂은 괴롭힘에 내몰리다가 결국 울음을 터뜨렸다. 어머니가 나서자 너나 할 것 없이 모두가 혼이 났다. 모처럼 호잣네 나들이는 어색함만 남긴 채 끝나버렸다.

아버지는 다시 차에 시동을 걸었다. 다시 여섯 명은 작은 차에 몸을 구겨 넣었다. 집으로 돌아가는 차창은 들러붙은 소금기로 인해 끈적거렸다. 호잣은 자신의 코끝을 찌르는 냄새가 어머니의 땀인지 오루미예 호수의 냄새인지 구분이 안 됐다. 나들이를 나설 때와는 달리 집으로 향하는 길은 모두 조용하고 피곤함이 역력했다. 와자지껄하던 누나들은 이미 히잡은 무릎 위에 올려놓은 채 잠들었고, 가끔씩 어머니만이 아버지를 향해 몇 마디 말을 건넬 뿐이었다. 아버지는 묵묵히 운전만 했다. 차가 한번 정차하더니 아버지가 이제 시내라고 하자 어머니는 누나들을 깨웠다. 누나들은 졸린 눈을 비비며 본능적으로 무릎 위 히잡을 뒤집어썼다. 제대로 썼는지 보지도 않고 다시 머리를 서로의 어깨에 기댔다.

바자르의 아저씨들

한낮의 오루미예는 유령도시와 다름없다. 아지랑이만 피어오르는 도로 위에는 오지도 않는 손님을 기다리는 택시만이 듬성듬성 서 있고, 시내를 활보하는 사람도 없다. 몇몇 상점엔 주인장만이 멍하니 건물 벽을 그늘 삼아 앉아 있었고, 식당들도 대부분 문을 닫고 주방장들은 어디론가 사라졌다.

그런데 슬슬 해가 서쪽으로 기울어지면 간판에 불이 들어오기 시작하고 어디에 숨어 있었던 것인지 사람들이 곳곳에서 나와 거리를 거닐기 시작한다. 사람들은 더 이상 그늘을 찾지 않고, 저물어 가는 붉은 노을을 온몸으로 반긴다.

사라졌던 주방장은 다시 돌아와 화로에 불을 지피고 비지땀을 흘리며 고기를 잘라냈다. 연인과 가족이 나와 하루가 끝나가는 순간을 즐겼다. 그때 하루의 끝을 알리는 아잔[3] 소리가 오루미예 시내 전체에 울렸다. 시장 한복판에 자리 잡은 모스크의 미나레트[4] 아래쪽에 어설프게 때려 박은 작은 스피커가 모든 출력을 쏟아내며 아잔 소리를 뿜어냈다. 아잔 소리는 밤을 준비하는 분주함을 잠시 쉼으로 돌려놓았다. 고기를 썰던 주방장도 잠시 땀을 닦으며 칼을 내려놓았고, 열띤 논쟁 중이던 어르신 몇 분도 목소리를 낮추었다. 기도 시간이 되었다고 해서 꼭 메카를 향해 기도를 해야 할 이유는 없다. 아잔 소리가 울릴 때 사람들의 모든 행위와 감정은 기도가 된다.

이 소리의 품으로 오루미예의 호수와 하늘, 사람들과 새들이 모여들었다. 아잔 소리는 몇 번이건 메아리쳐서 어디가 시작이고 끝인지 알 수 없는 돌림 노래가 되었다. 그리고 밤의 시작을 알리는 붉게 물든 하늘에는 곳곳에 분홍빛 구름이 드리워지기 시작

---

3) 아잔: 무슬림은 하루에 다섯 번 기도를 하는데 새벽기도를 파즈르, 점심 기도를 두흐르, 오후기도를 아쓰르, 해질 때 하는 기도를 마그립, 저녁기도를 이샤라고 한다. 이때 아잔은 기도 시간을 알리는 소리이다. 예전에는 사람의 육성으로 시간을 알렸으나 지금은 녹음한 소리를 튼다. 아잔은 '알라는 가장 위대하시다.'라는 내용의 신앙고백을 담고 있다.
4) 미나레트: 이슬람 사원인 모스크의 부수 건물로, 기도시간을 알리는 데 사용되는 탑이다. 건축양식에 따라서 하나 또는 두 개로 이루어져 있다. 예전에는 미나레트에 직접 사람이 직접 올라가 기도시간을 소리쳐 알렸지만 지금은 스피커를 설치하여 튼다.

했다. 그리고 그 반대편으로는 짙푸른 밤하늘이 떠올랐다. 매일 반복되는 오루미예의 일상이다. 하루가 끝나면 밤이 시작된다.

호잣은 이 무렵이 되면 어김없이 바자르[5]로 뛰쳐나갔다. 진작에 다 외웠지만 미로 같은 바자르 안 골목은 언제나 놀이터였다. 이 모퉁이를 돌면 호잣이 그렇게 무서워했던 푸줏간이 나온다. 머리 가죽만 남긴 채 가죽을 싹 다 벗겨놓은 염소와 눈이라도 마주치면 호잣은 그날 밤잠을 설치곤 했다.

그러나 정작 더 무서운 건 푸줏간 주인 아저씨였다. 그는 반쯤 벗겨진 머리에 배는 툭하고 튀어나왔고, 커다란 칼로 머리 가죽만 남은 염소를 아무렇지도 않게 다루었다.

어린 호잣은 자기가 그 고기를 먹는다는 것은 생각지도 않고 잘려나가는 염소가 그저 한없이 불쌍하기만 했다. 그래서 수십 번을 지나치는 길이지만 이 모퉁이에서만큼은 호잣은 머리를 푹 숙이고 발만 내려다보고 냉큼 푸줏간 앞길을 빠르게 지나쳤다.

골목을 빠져나와 길모퉁이가 좀 넓어지면 언제나 몇몇 아저씨들이 작은 테이블 위에 카펫을 펼쳐놓고 차이[6]를 마시며 이야기

---

5) 바자르: '시장'을 뜻한다.
6) 차이(Chai): 인도를 비롯한 남아시아 지역에서 차(茶) 음료를 일컫는 말.

를 나눈다. 턱과 코 얼굴 전체에 수염을 기른 아저씨와 콧수염만 기르고 있는 아저씨가 작은 플라스틱 의자 위에 쪼그려 앉아 있었다. 이내 몇몇 아저씨들이 더 모여들더니 싸우는 건지 이야기를 하는 건지 구분이 되지 않을 소란스러운 분위기가 만들어졌다.

어느새 호잣은 아저씨들 틈바구니에 껴서 아저씨들의 대화를 엿듣고 있었다. 요즘엔 끝난 지 얼마 지나지 않은 이라크와의 전쟁 이야기가 대부분이었다. 전쟁은 누구의 책임인가라는 질문으로 시작해서 전쟁에서 있었던 무용담까지 이야기가 이어졌다. 어느 정도 전쟁 이야기가 고조에 이르자 곳곳에서 사람들이 울기 시작했다.

호잣 주변에는 별로 형들이 없었다. 가족이라고 해봐야 위로 누나가 셋이었고, 사촌 형이나 동네 형들도 없었다. 오히려 동네에서는 호잣이 가장 나이가 많은 형이었다. 나중에서야 알게 된 일이지만 동네의 대부분 열세 살 이상의 형들은 전쟁터로 징병되어 나갔다.

몇몇 형들은 스스로 입대하여 서부전선으로 향했다고 한다. 특히 오루미예는 직접 이라크와 닿아 있지는 않지만 서부 전선 위쪽에 위치하여서인지 많은 청년들이 전선으로 향했다. 이곳 바자르에 모여 있는 아저씨 아주머니들의 아들들은 대부분 전선을 향했다. 몇몇은 살아서 돌아왔지만, 몇몇은 큰 장애를 겪었고, 몇몇은 묘비에 붙여진 사진으로만 남아 있었다. 호잣이 대화에 한동안 빠져 있을 때 어느덧 대화 무리 한 쪽에는 푸줏간 아저씨도 끼어있었다.

살아서 돌아온 형들은 대부분 수도 테헤란으로 가거나 외국인 터키, 미국, 일본으로 많이 나갔다. 테헤란으로 갔다가 일 년 만에 돌아와서 다시 일본으로 가겠다고 하는 형도 있었다.

호잣은 가끔씩 형들이 아저씨들과 미국이나 일본으로 가야겠다고 상의를 하는 것을 엿들으며 내심 자기도 가고 싶다는 생각을 했다. 터키는 바로 옆이라서 그런지 언제라도 갈 수 있을 거라는 생각에 별로 가고 싶지는 않았다.

일이 없다며 푸념을 늘어놓는 형들, 미래가 없다며 한숨 쉬는 형들이 많았다. 그러다가 미국을 가겠다고 누군가가 이야기를 꺼내자 몇몇 아저씨들이 자리에서 벌떡 일어나시며 이 전쟁의 책임이 바로 미국에게 있다고 화를 냈다. 일, 전쟁 그리고 책임, 이 단어가 가지는 무게를 호잣은 아직 이해하지 못하고 있었다. 모두들 전쟁이 끝나고 나서 더 힘들다며 입 버릇처럼 말들을 하였다. 아버지는 물론 어머니도 마찬가지였다.

살기가 어렵다고 하는 형들이 선택한 곳이 일본이었다. 전혀 다른 생활을 하게 될 것이라는 아저씨들의 조언에 형들은 한숨을 내쉬었지만 그 말을 들은 호잣은 두근거렸다.

전혀 다른 생활이란 무엇일까? 오루미예 밖의 세계를 보지 못한 호잣은 그저 모든 것이 신기했다. 바자르 안에는 많은 사람들이 모여들었다. 외국으로 나가려는 사람들과 이미 외국에 있다가 들어온 사람들이 한데 섞여 자신의 계획과 경험을 늘어놓았다. 특히 형들은 전쟁 전 일본으로 갔다가 전쟁이 끝나고 오루미예로 돌아온 전파사 아저씨에게 조언을 구했다. 전파사 아저씨는 찾아오는 젊은 손님들에게 대접과 조언을 아끼지 않았다. 그의 조언 속에는 전쟁 때 함께 하지 못했던 미안함과 더 넓은 세계로 나가려는 형들에 대한 안쓰러움이 한데 섞여 있었다. 호잣은 전파사 안의 분위기는 아랑곳하지 않고 언제나 대화에 껴들며 아저씨에게 이것저것 캐물었다.

"아저씨 일본 사람들은 어떻게 생겼어요?"

"일본 사람들은 몸집이 작아."

"일본말은 우리 페르시아말이랑 다르죠? 아저씨 일본어 잘해요?"

"일을 할 수 있을 만큼은 했지."

"그러면 아저씨는 일본에서 무슨 일을 하셨어요?"

"음, 아저씨는 일본에서 모터를 만드는 공장에 있었어."

"와! 아저씨 그럼 지금도 모터를 만들 수 있겠네요. 근데 모터는 뭐하는 거예요?"

전파사 아저씨는 당황해하며,

"공장에서 만들 수는 있겠지만 여기서는 어떻게 만들 수가 없네. 모터는 뭔가를 돌릴 수 있는 기계지"

"자동차나 선풍기 같은 거에 모터가 들어간 거예요?"

"그렇지, 너 똑똑한데?"

"아저씨, 아버지가 그랬는데 우리 집에 있는 텔레비전이 일본 꺼래요. 아저씨 텔레비전도 만들 수 있어요?"

전파사 아저씨는 기계제품만 보면 다 만들 수 있냐는 호잣의 질문에 당황했다. 그래도 자신이 알고 있는 회사나 가전제품에 대해서는 이야기해 주었다.

형들은 이따금 호잣에게 눈치를 줬다. 그러면 호잣은 조용히 하겠다며 말한 뒤 입을 꾹 다물고 전파사 이곳저곳을 돌아다녔다.

바자르에 가면 언제나 다양한 이야기를 들을 수 있다. 그러나 이야기가 항상 즐겁지만은 않다. 신경질을 자극하는 이야기도 있다.

호기심 가득한 호잣이 어려워하는 아저씨가 한 명 있었다. 거들먹거리기가 취미인 이 사람은 미국에서 칠 년 정도 일을 하고 왔다고 하는데 말을 할 때마다 영어를 섞는다. 반미감정이 극도로 다다른 지금 분위기에서도 이 미국파 아저씨는 아랑곳하지 않고 미국에 대한 찬양을 멈추지 않았다. 그래서인지 아저씨는 바자르 안 아저씨들 사이에는 끼질 않았고, 마음씨 좋은 차도르집 아줌마에게 미국에서 있었던 이야기를 늘어놓았다. 호잣은 이 아저씨의 거들먹거림은 마음에 들진 않았지만 미국이라는 또 다른 세계를 들을 수 있기 때문에 참아야 했다. 호잣이 어려서였을까? 미국파 아저씨가 차도르집 아줌마에게 수작을 걸고 있다는 분위기도 눈치채지 못하고, 호잣은 차도르집 아줌마와 아저씨 사이에 끼어들었다.

"아저씨, 미국에선 아잔 소리가 들리지 않나요?"

귀찮은 듯 아저씨는 뒤에 이어질 질문들도 원천봉쇄하기 위해 이렇게 말했다.

"미국은 그리스도교 국가야. 그래서 아잔 소리는 안 들리고 모스크도 거의 없어, 거기엔 교회밖에 없어."

미국파 아저씨의 대답에 호잣의 궁금증은 더 커졌다. 왜 교회밖에 없을까? 이곳 오루미예에는 꽤 많은 교회가 있다. 각 교회

마다 무슨 차이가 있는지는 잘 모르겠지만 오루미예 사람의 반 정도는 그리스도인이다.

"아저씨! 어떻게 그럴 수가 있죠? 우리만 해도 모스크와 교회가 같이 있는데 왜 미국엔 교회만 있는 거죠?"

의외의 질문에 미국파 아저씨는 당황했다. 슬쩍 차도르집 아줌마 눈치를 보더니

"나중에 크면 알게 돼"라는 말을 남기곤 호잣을 밖으로 쫓아냈다.

호잣은 미국에 대해서 알고 싶은 게 너무나도 많았는데, 하며 아쉬움을 감추지 못했다. 그리곤 왜 미국엔 교회만 있고 모스크가 없는지 궁금했다.

호잣은 마지막으로 작은 구멍가게로 향했다. 구멍가게 아저씨는 터키에서 일하다가 왔는데 거기서 아이스크림 기계도 사왔다고 한다. 호잣은 아이스크림이 비싸서 먹지 못하고 언제나 작은 종이컵에 담아주는 슬러시만 마셨다. 오렌지맛 슬러시를 주문한 뒤 호잣은 구멍가게 아저씨에게 이번에는 터키에 대해서 물어보았다.

"아저씨, 터키에선 여자들이 히잡을 안 쓰죠? 우리 엄마랑 누

나들이요. 터키 여편네들은 히잡도 안 써서 좋겠다고 해요."

아저씨는 종이컵에 슬러시를 흘러내리기 직전까지 가득 내려주고선,

"터키는 정교분리라서 우리랑은 좀 다르단다. 종교는 종교이고 정치는 정치일 뿐이지."

구멍가게 아저씨는 언제나 어려운 말만 남겼다. 그 뒤에 이어지는 호잣의 질문은 원초적인 것에 가까웠다.

"정치는 뭐고 종교는 뭐에요? 뭐가 다른 거죠?"

아저씨는 잠시 고민한 듯 아랫입술을 윗입술 아래로 밀어 놓고선 쉬운 설명을 하려고 애를 썼다. 잠시 시간이 흐르고 아저씨는 입을 열었다.

"호잣, 너 학교에서 코란을 배우지 않았니?"

"네 배웠죠. 거의 다 외워가요 이제는."

"그럼 됐어. 나중에 크면 다 알게 돼."

호잣은 잘 이해가 되지는 않았다. 구멍가게 아저씨는 말 많은 호잣의 질문을 멈추기 위해서 종이컵에 포도맛 슬러시를 한 잔 더 따라주었다.

호잣은 양손에 포도맛과 오렌지맛 슬러시를 들고 바자르 밖을 나왔다. 해는 서쪽 국경 쪽으로 넘어가고 있었다. 서쪽 하늘은

호잣이 들고 있는 오렌지맛 슬러시 색깔로 물들어갔다. 그 반대편 하늘은 포도맛 슬러시 색깔로 물들어갔다. 그리고 아잔 소리가 울렸다. 아잔 소리를 들으며 호잣은 오렌지맛 슬러시와 포도맛 슬러시를 번갈아 먹었다. 얼음알갱이가 혀를 마비시켜서인지 이제는 뭐가 무슨 맛인지 잘 구별도 안 됐다. 그래서 호잣은 번갈아 먹던 포도맛 슬러시를 남은 오렌지맛 슬러시 위에 쏟고 빨대로 휘휘 저어 섞어버렸다. 약간 거무스름한 슬러시가 되었다. 이것도 나름대로 맛있었다.

시를 부르다

호잣의 어머니는 매일 새벽 4시에 호잣을 깨운다. 그리고 눈이 반쯤 감겨 있는 호잣에게 옷을 입히고 학교에 보낸다. 해가 뜨기도 전에 호잣은 학교로 간다.

가자마자 호잣과 친구들은 선생님의 지도에 따라 코란을 외기 시작했다. 무슨 뜻인지도 무슨 말인지도 잘 몰랐다. 어떻게 보면 페르시아어랑 비슷하게도 생겼는데 전혀 다르다.

어쩔 수 없이 외우고 또 외우던 것이 어느덧 입에서 줄줄 나오게 되었다. 그리고 새벽을 알리는 아잔 소리가 이어지고 기도를 올린 다음 다시 코란을 줄줄 내뱉었다.

일곱 시가 넘어서 선생님은 시집을 꺼내었다. 호잣은 반쯤 감긴 눈으로 읽고 입으로만 뱉어내던 코란 구절을 멈추었다.

드디어 시를 배울 시간이 왔다. 호잣뿐만이 아니라 많은 친구들이 시를 좋아했다. 처음 시를 접하였을 때 호잣은 선생님이 했던 말을 또렷이 기억하고 있었다.

"시는 페르시아의 자랑이에요. 우리는 시를 통해 신을 표현합니다. 시를 사랑하는 것은 신을 사랑하는 것이고, 시를 존경하는 것은 신을 존경하는 것이에요."

선생님은 페르시아의 시인 잘랄 앗딘 루미[7]의 시를 외우게 한 뒤, 그 시를 종이 위에 쓰도록 시켰다. 무슨 뜻인지도 모르고 중얼거렸던 코란과는 달리 시는 무슨 말을 하려는지 알 수는 있었다. 시는 자신의 모어인 페르시아어이고 처음과 중간, 끝의 운율과 단어가 딱딱 맞아 떨어지는 것이 외우는 것도 수월했다.

시는 읊는 것도 좋았지만 쓰는 것도 즐거웠다. 페르시아어는 종이 위에서 끊기는 일 없이 춤을 추며 다음 줄로 내려가기를 반복했다. 한 장이 시로 가득 채워지면 씌어진 문자들은 하나의 그림처럼 질서정연하게 대열을 갖추었다. 선생님은 호잣 옆으로 다가왔다.

---

7) 잘랄 앗딘 무함마드 루미: 13세기에 활동한 페르시아의 신비주의 시인이다.
    그의 시는 페르시아어의 코란이라고 불린다.

"호잣, 루미의 시를 한번 외워보겠니?"

호잣은 친구들 앞에서 쑥스러워했다. 그래서 더듬더듬 루미의 시를 읽었다.

같이 가요. 같이 가요.

들판에 꽃이 활짝 피었어요.

같이 가요. 같이 가요.

연인의 시간이에요.

세상의 모든 영혼은 다함께 가요.

함께 가서 태양의 황금빛 화살에 몸을 담궈요.

반쪽을 찾지 못한 늙은이를 비웃어요.

연인이 떠난 외로운 그를 위해 울어줘요.

모두 일어나서 소식을 전해요.

들뜬 이가 쇠사슬을 끊고 요새를 탈출했어요.

마음껏 북을 두들기며 침묵을 지켜요.

영혼이 벗어나기 전에 마음과 가슴은 달아났지요.

심판의 날 같은 대단한 날이에요.

삶의 기억이 무력해지며 힘을 잃었어요.

침묵을 지켜요.

히잡을 벗지 마요.

이제 과거는 보내고 달콤한 포도를 따요.

아이들이 호잣의 모습을 보고 키득거리며 수군거렸다.

"호잣, 아마 이 시에 가락이 없어서 네가 읽기가 쑥스러운가 보구나."

"이 시에 가락도 있어요?"

"없지, 그러나 흘러나오는 대로 시에 가락을 붙이면 노래가 되지."

선생님은 호잣이 공책에 옮겨 적은 시를 가리키면서 학생들에게 말했다.

"시는 항상 자기와 어울리는 가락을 찾고 있어요. 여러분들은 살아가면서 그 가락을 찾을 거예요. 그리고 호잣, 시는 썼을 때도 가지런해야 합니다."

나름 보기 괜찮다고 생각했던 호잣의 시도 선생님의 말을 듣고 보니 다르게 보였다. 시는 읊었을 때도 좋아야 하지만 한눈에 바라봤을 때 문자의 배열도 가지런해야 한다. 그리고 시는 어울리는 가락을 찾고 있다.

둘째 누나를 떠나보내다

호잣은 해질녘 집으로 돌아왔다. 편편한 카펫 가운데 네 곳이 움푹 패인 곳이 있는데, 여기에 낮은 탁자 다리 네 개가 꼭 맞아 들어갔다. 그 위로 난이 잔뜩 쌓인 접시가 올라왔다. 구워 낸 지 며칠이 지나서 딱딱하긴 했지만 채소를 절여놓은 소금물에 적시면 딱딱한 게 부드러워진다. 그리고 이렇게 먹어야 간이 딱 맞았다.

호잣의 아버지는 말수가 적은 사람이었다. 반면 어머니는 말로 자신의 모든 것을 표현해낼 수 있는 사람이었다. 그런데 오늘은 이상하게 어머니의 말수가 확 줄어들었다. 먹기와 수다를 동시에 할 수 있는 누나들도 왠일인지 조용했고, 호잣은 영문도 모른 채 가족들 눈치를 살피며 조금씩 난만 뜯어 입에 넣고 있었다.

호잣은 뭔가 이 가라앉은 분위기를 이해할 수 없었다. 평소의 식사 때와는 너무나 달랐다. 침묵의 시간이 끝나자 나지막한 한숨 소리가 무거운 정적을 깨뜨렸다. 아버지는 자신의 둘째 딸이자 호잣의 둘째 누나 쉬미나에게 어렵게 입을 뗐다.

"그래 어떻게 하기로 했니?"

쉬미나는 아무 말이 없었다. 아버지는 아무 대답이 없는 그녀를 나무라지 않았다. 묵묵히 다시 난을 조금씩 뜯었다. 참다못한 어머니가 양손에 찢겨진 난을 내려놓고 한숨을 시작으로 누나를 나무라기 시작했다.

"쉬미나, 네 나이 때가 되면 결혼을 하는 건 당연한 거야. 뭐가 문젠 거야?"

어머니는 자신의 말 속에 더 많은 문제가 있다는 걸 알고 있었다. 결혼은 축복받을 일이며 행복한 순간이다. 그러나 둘째 누나의 혼사는 하루아침에 결정되었다. 혼사라기보다는 거래에 가까웠다.

이제 갓 열여덟 살이 된 쉬미나는 두바이로 가게 되었다. 한 번도 본 적이 없는 남편을 만나러 간다. 두바이 옆 샤르자라는 곳에서 택시 운전사를 하다가 오루미예로 돌아와서도 택시운전을 하는 아저씨가 어떻게 인연이 닿았는지 두바이의 어떤 남자랑 중매를 서게 되었다.

쉬미나는 두바이 남자의 네 번째 부인으로 들어가게 될 텐데, 그녀는 남편의 이름도 모르고, 얼굴을 본 적도 없다. 단지 남편이 될 남자가 두바이에 산다는 것과 두바이에 사는 남자는 부자라는 것과 그의 네 번째 부인이 될 거라는 것만 알고 있었다.

중매를 선 중매쟁이 아저씨는 오늘 오전에 이야기를 꺼냈고 삼일 뒤에는 답을 달라는 통보만 남겨놓은 채 훌쩍 가버렸다. 며칠만에 쉬미나는 두바이로 가야 할지를 결정해야 했다. 다른 집 같았으면 망설임 없이 곧바로 두바이행을 택했을 것이다.

구 년간의 지긋지긋한 전쟁으로 오루미예뿐만 아니라 이란 전역에서는 가난과 치열한 전쟁 중이었다. 호잣은 태어났을 때부터 딱딱한 난을 먹어 왔기에 이것이 익숙했다. 그러나 전쟁 전 부유했던 젊은 시절을 보낸 아버지와 어머니는 이것이 익숙하지 않았다.

무엇이 되었건 간에 쉬미나가 두바이로 가게 되면 한동안은 이 딱딱한 난을 먹지 않아도 될지 모른다. 쉬미나는 풍족한 생활을 할 수 있을 것이다. 그리고 호잣네 가족은 돈을 받기로 이야기가 오고 간 모양이다.

호잣은 본능적으로 자신의 둘째 누나가 팔려간다는 것을 알아 차렸다. 그것도 같은 이란 사람도 아닌 이란 사람들이 좋아하지 않는 아랍인에게로 팔려가게 된 것이다. 수많은 쉬미나의 또래들 이 두바이, 아부다비, 사우디아라비아로 떠났다. 그것도 세 번째 나 네 번째 부인으로 말이다.

이란의 남성들은 아랍사람들 밑에서 택시운전을 하고 아스팔 트를 닦고, 빌딩을 세웠다. 이곳으로 돌아온 아저씨들이나 형들 을 보면 축 처진 어깨와 빈손뿐이었다. 미국이나 일본, 영국 등 에 있다가 온 아저씨들은 자랑스레 자신의 경험담을 이야기하곤 했는데 이상하게도 두바이, 아부다비, 사우디에서 일하다 온 사 람들은 그렇지 않았다.

호잣은 이때 가난을 피부로 느꼈다. 굶주리고 길거리로 쫓겨나 고 허름한 옷을 입는 것, 이것만이 가난을 의미하는 것은 아니었 다. 누나가 돈이라는 이유로 얼굴 한번 본 적도 없는 아랍사람에 게 가야 한다는 사실, 이것이 가난의 진짜 모습이었다. 돈 때문 에 자기 세계를 떠나는 것, 생활을 위해 사랑하는 사람 곁을 떠 나야 하는 것, 이것이 가난의 진짜 두려운 모습이다.

"누나, 가지 마! 어머니, 누나를 가게 하지 마요!"

호잣이 소리쳤다.

"시끄러, 호잣. 네가 뭘 알어!"

어머니가 큰 소리로 나무랐다.

"누나는 가서 잘 먹고 잘 입으면서 살 거야. 결혼을 하는 거라고. 엄마랑 아빠랑 같이 사는 것처럼."

"거짓말. 어떻게 얼굴 한번 안 보고 결혼을 해요. 그것도 아랍 놈에게! 이게 다 돈 때문이죠? 이게 다 돈 때문이죠? 내가 벌면 되잖아요! 나도 이제 돈을 벌 수 있다구요."

호잣의 생떼가 그나마 쉬미나에게 위안이 되었는지 쉬미나는 그만 울음을 터뜨렸다.

"호잣, 그만해. 네가 할 수 있는 일이 아니야. 어서 밥이나 먹어."

첫째 다비야는 호잣을 말리고, 셋째 카말은 쉬미나를 안고 같이 울었다. 모두 둘러앉은 테이블 위에는 호잣의 생떼와 누나들의 눈물, 어머니의 큰소리가 오고 갔다. 그러다가 탁자는 아버지를 뺀 모든 가족들의 눈물로 울음바다가 되었다. 울다 보니 이유가 생겼고 그 이유는 꽤 오랜 시간 호잣의 눈에서 눈물을 빼앗았다.

한동안 울고 나니 쉬미나는 담담해졌다. 그리고 이제는 오히려 오루미예에 남겨질 가족들을 위로할 여유마저 생겼다. 특별한 결심을 말하지는 않았지만 아랍인의 넷째 부인으로서의 삶을 어느 정도 받아들인 모양이었다.

쉬미나가 떠날 준비를 마쳤다. 이런저런 서류나 짐을 챙기는
데까지 한 달이 걸리지 않았다. 가족이 모두 국경까지 따라 나섰
다. 일본산 소형 승용차 뒷자리에는 누나들 셋이 나란히 앉았다.
쉬미나는 마지막 떠나는 그 날에도 가운데 자리에 앉아 운전석
과 조수석에 두 팔꿈치를 올려놨다. 누나들은 이번에는 히잡을
벗지도, 머리 매무새를 만지지도 않았다. 다비야와 카말은 아무
런 말도 없이 울먹이며 쉬미나의 허벅지만 쓰다듬고 있었고, 쉬
미나는 멍하니 차창 전면 유리 앞에 펼쳐진 풍경만 바라보고 있
었다. 그 풍경이 끝나는 곳은 이란과 터키의 국경이었다.

언제 전쟁이 있었냐는 듯 평온한 들판이 펼쳐지다가 거대한
산맥이 북쪽에서부터 남쪽으로 가로지르고 있었다. 듬성듬성 구
름이 만들어낸 그림자가 산등성이에 검은 얼룩을 만들었다. 구
불구불한 길을 몇 번 돌고 나니 누나가 넘어야 할 산이 보였다.

국경에 다다르자 호잣보다 어린아이들이 환전을 하라며 달라
붙기 시작했다. 아버지는 환전상 꼬마들을 가족에게서 떼어놓
고, 쉬미나의 짐을 트렁크에서 끄집어냈다.

어머니는 울기 시작했다. 쉬미나가 들으라고 하는 말인지 혼자

하는 말인지 알 수 없었지만 같은 말을 다른 표현으로 계속 쏟아냈다.

"잘 지내, 사랑해. 꼭 다시 만날 거야."

남게 될 다비야와 카말은 쉬미나를 둘러싸고 좀처럼 보내지 못했다. 눈물로 범벅이 된 목소리는 무슨 소리를 하는지 알아들을 수가 없었다.

호잣은 애꿎은 쉬미나의 이민 가방만 연거푸 걷어찼다. 그렇게라도 하지 않으면 호잣은 당장이라도 목 놓아 울 것만 같았다.

아버지는 호잣에게 다가와 조용히 호잣의 발길질을 멈춰 세우고, 신발 자국이 난 가방을 손으로 툭툭 털어냈다. 그리고 아버지와 호잣은 까맣고 커다란 가방을 하나씩 나눠 들었다.

이란 쪽 출국 관리소에 이르렀다. 이제 까맣고 커다란 가방은 자그마한 쉬미나의 두 손에 들려 있었다. 등에 멘 빨간색 책가방은 쉬미나가 아직 어린 소녀라는 사실을 보내는 모든 이들에게 각인시켰다.

쉬미나는 그런 뒷모습만을 남기고 검문소를 홀로 지났다. 아버지는 아무런 말도 하지 않다가 갑자기 검문소 군인에게 다가가서 포옹을 나눈 뒤 몇 마디 말을 건넸다. 그리고 가족 모두는 차를 철창 문밖에다 세워둔 채 검문소를 지나 터키 검문소 앞까지 쉬미나를 따라 나섰다.

분위기 파악을 못 하는 환전상 꼬마들이 마지막 인사를 방해했다. 환전상 아이들에게 이런 이별은 너무나도 익숙했다. 이때는 호잣네뿐만 아니라 많은 가족들이 이곳에서 이별을 나누었다.

환전상 꼬마들은 이별의 슬픔에 빠지면 안 되었다. 그러면 그들은 그날 여지없이 굶을 수밖에 없었다. 꼬마들은 이곳에서 벌어지는 많은 이별이 처음에는 미안했지만 이제는 생이별하는 사람들 앞에서까지 깐죽거릴 수 있을 만큼 이 바닥에 물들어 버렸다.

산 끝으로 난 길 한쪽으로 빨간 책가방을 멘 누나가 양손에 까맣고 커다란 가방을 들고 쓸쓸히 걸어가는 모습이 보였다. 쉬미나는 터키 검문소에 다다르자 크고 검은 두 가방을 양옆에 내려놓았다. 그리고 등에 멘 빨간 가방에서 여권과 서류 몇 장을 내밀었다. 검문소 군인은 쉬미나를 붙잡고 좀처럼 통과를 안 시켜 주다가 아버지가 다가가 몇 마디 건네자 그때서야 지나가라는 스탬프를 여권에 찍어 주었다.

쉬미나는 여권에 터키 스탬프가 찍히는 순간, 자신의 머리를 덮고 있던 까만 히잡을 벗어 던졌다. 그리고 묶었던 머리를 풀더니 손가락을 빗 삼아 몇 번 머리를 풀어헤쳤다. 그렇게 쉬미나는 터키 국경으로 넘어갔다.

　호잣은 끝까지 쉬미나와 인사를 나누지 않았다. 무슨 말을 해야 할지 도무지 알 수가 없었다. 처음 마주하는 이별 앞에서 아무것도 할 수 없는 자신이 한심스러웠다.

　국경을 가로지르는 거대한 산은 호잣에게 너무나도 크게 보였다. 호잣만 빼놓고 가족 모두는 쉬미나가 떠나는 순간 신의 축복을 빌었다.

　가족들의 마지막 목소리가 들리자 쉬미나는 멈춰 섰다. 그리고 호잣과 가족을 향해 마지막으로 돌아섰다. 지금까지 히잡으로 가려져 있던 쉬미나의 머릿결이 서쪽으로 기울어지는 노을빛을 받으며 붉게 반짝였다. 그 모습에 취해 가족들은 더욱 소리를 높여 신의 축복을 빌었다.

　호잣은 이 축복이 마치 저주처럼 느껴졌다. 호잣은 국경을 넘는 쉬미나를 향해 단 한마디 말도 할 수 없었다.

　둘째 누나가 떠난 뒤 호잣네 가족은 한동안 식사를 배불리 먹을 수 있었다. 향신료도 좀 더 괜찮은 것을 써서 집안 가득 퍼지는 음식 냄새가 식욕을 더욱 돋웠다. 호잣의 어머니는 매일 갓 구워낸 신선한 난을 사오셨고, 난 사이에 조금씩 고기도 넣어 먹을 수 있었다.

왜일까? 가족들 모두 한 끼 식사를 배불리는 먹었지만 맛있게
는 먹지 못했다. 식사자리에서 쉬미나의 이름을 꺼내는 것은 금
지되었다. 법이 있거나 누군가의 지시가 있는 것도 아닌데, 그래
야만 했다. 그렇게 몇 년 동안 쉬미나의 이름은 밥상 위에서 단
한 번도 올라오지 않았다. 지금 이 배부른 식사는 쉬미나가 주고
간 선물인데 말이다.

보낼 수밖에 없는 마리나

호잣은 하루의 끝을 알리는 아잔 소리를 듣고 밖으로 나갔다. 미로 같은 바자르에 켜져 있는 호박같이 생긴 전구들이 하나둘씩 켜지고, 저녁기도를 위해 모스크로 모인 사람들은 메카를 향해 무릎을 꿇었다.

서쪽 국경 너머로 넘어가는 노을이 마지막 붉은 빛을 모스크의 돔을 향해 던지자 모스크 지붕이 에메랄드빛을 뿜어냈다. 그리곤 금방 싸늘한 짙푸른 색으로 바뀌었다. 호잣은 바지 주머니에 손을 넣은 채 그리스도교 지구까지 어슬렁댔다. 이곳에 가지 못할 이유도 없었지만 가야 할 이유도 없었다. 히잡을 살짝 걸친 그리스정교회 여성들이 지나갔다. 그때 한 명이 호잣을 보더니 불러 세웠다.

"저기, 너 쉬미나 동생 호잣 아니니?"

쉬미나의 친구 마리나였다. 쉬미나는 틈만 나면 거울을 보며 마리나의 모리 모양을 흉내내곤 했었다. 어차피 히잡으로 가릴 거였으면서도 말이다.

마리나도 히잡을 쓰고 있었다. 쉬미나와 다른 점은 히잡을 뒤로 묶은 머리 뒤쪽에만 살짝 걸쳐놓고 머리핀으로 고정을 시켜놓은 점인데, 히잡을 뒤집어 썼다기보다는 목에 두른 스카프가 머리 쪽으로 많이 올라온 느낌이었다.

"여기엔 무슨 일이니?"

"그냥 좀 걸었어."

"그래, 오늘 우리는 예배가 있어서 끝나고 집에 가는 길이야."

마리나의 히잡은 본래 여성의 머리를 가린다는 제 기능을 다하지 못했다. 그녀의 모습은 이따금씩 히잡의 구속력을 비웃는 듯했다. 호잣은 그녀의 모습이 처음에는 익숙하지 않았다. 그런데도 눈길은 자꾸만 그녀를 향했다. 그리고 그녀 뒤에 서 있는 정교회의 종탑이 보였다.

집으로 돌아와 호잣은 마리나를 만난 설렘과 낯섦을 떨쳐내기가 어려웠다. 두 눈을 감아도 아른거리는 그녀 모습이 떠오르는

가 하면 다시 낯설고 이질적인 거부감이 들었다. 거부감이 들다가도 당장 그리스도 지구로 달려가서 그녀를 다시 한 번 보고 싶었다. 아잔 소리도 교회의 종소리도 모두 호잣 귓가에 울리기 시작했다.

호잣은 그날 이후로 일요일마다 그리스도교 지구로 향했다. 학교 선생님은 예전에 그리스도교의 예배당에 가서 그들의 예배를 방해하지 말라고 가르쳤다.

그래서 호잣은 교회 문밖을 서성거렸다. 예배가 끝나 그리스도교 신자들이 밖으로 나오는 소리가 들리면, 호잣은 먼발치를 돌아 아무렇지 않게 교회 앞을 지나갔다.

"호잣, 또 왔네."

"그냥 지나가다가. 저기가 친구네 집이야."

"친구 누구?"

호잣은 둘러댄 말이라 대답을 하지 못했다.

"아, 마리나는 모르는 친구야."

교회 앞에서 싱거운 대화를 나누다 보면 정교회 신자들은 사라지고 호잣과 마리나만 덩그러니 남게 되었다. 그러면 둘은 함께 걷기 시작했다.

"쉬미나는 잘 지낸대?"

호잣은 할 말이 없었다. 둘째 누나는 국경을 넘고 한동안은 연락이 되었는데, 그 이후로는 몇 년간 소식을 들을 수 없었다. 어머니는 행복하게 잘 사는 거니깐 연락이 없는 거라고 했다.

"어, 잘 지내, 뭐 이번에는 영국에 여행을 갔대."

호잣은 아무렇지 않게 거짓말을 했다.

"그래. 좋겠다."

한동안 침묵이 흐르고 둘은 걸었다. 그리고 바자르로 들어섰다. 마리나는 무슬림이 많은 지역으로 들어가자 내렸던 히잡을 고쳐 썼다. 호잣은 괜찮다면 마리나의 히잡을 그대로 두라고 했다. 마리나는 호잣의 어깨를 히잡으로 삼아 살짝 기댔다.

둘은 바자르 안을 이리저리 돌아다니다가 호잣이 어렸을 때 무서워했던 푸줏간과 맞닥뜨렸다. 호잣은 마리나가 푸줏간에 매달려 있는 머리 가죽만 남은 염소를 보지 않도록 그녀의 시야를 가리고 섰다. 그리고 둘은 구멍가게로 가서 터키에서 들여온 기계로 내린 아이스크림을 먹었다. 노을이 지면서 아잔 소리가 오루미예 전체에 울려퍼졌다.

"호잣, 기도해야지."

"괜찮아. 저기는 사람이 없으니깐 계속 걷자."

호잣은 기도보다 마리나와 함께 걷는 시간이 소중했다. 마리나는 호잣과 눈을 맞추며 살며시 웃었다. 마리나는 누나 같았고, 동생 같았고, 친구 같았다.

오루미예의 경제사정은 갈수록 나빠졌다. 가난은 호잣의 감정을 벼랑 끝으로 몰아세웠다. 무언가를 하지 않으면, 무언가를 하지 않으면 도무지 견딜 수가 없었다. 그러나 그 무언가조차도 허락되지 않았다.

그녀가 호잣의 이름을 불러주는 것도 더 이상 행복이 아닌 부담과 압박으로 다가왔다. 아무것도 하지 못한 채 시간은 흘렀다. 호잣은 그녀의 모습을 더 이상 볼 자신이 없어 한동안 그리스도교 지구의 땅을 밟지 않았다. 꽤 시간이 지나고 쉬미나의 중매를 섰던 택시 아저씨가 집에 찾아와 아버지와 차이를 나눴다. 그리고 그의 입에선 뜻밖의 말이 흘러나왔다.

"왜 그 쉬미나 친구 있지? 그리스도교인 애 말이야"

"마리나?"

"마리난지 이름은 잘 모르겠지만 그 가족이 다음 주에 내 택시를 타고 터키 국경을 넘기로 했어. 미국으로 간다던가?"

"우리건 그리스도인이건 힘든 건 마찬가지구만."

"그 친구 정도면 저쪽 아랍 애들이 중매를 서달라고 줄을 설

텐데, 그리스도인이란 말이야. 하긴 뭐 그쪽 애들이 그런 거 따지나? 그냥 돈 주고 어린 애들 사가서 집안에다가 가둬놓고 바가지 긁으면 그냥 금붙이 몇 개 휙 던져주고 닥치라고 하고, 그러면서 사는 애들인데. 하기야 그리스도인이건 시아파[8]건 그쪽 애들 눈엔 어리고 예쁘면 그만이지. 돈이라면 종교도 살 수 있다고 믿을 거야."

중매쟁이 아저씨의 혼잣말은 계속 이어졌다.

"아니야 그쪽 애들은 자존심 내다 팔고 기름 내다 팔기 바쁘니깐 종교 같은 거에 관심이나 있겠어? 코란 읽고 기도한다고 무슨 럼인가?"

그는 혼자서 묻고 답하기를 반복했다. 한 번도 만나보지는 못했지만 어쨌건 아랍인을 사위로 둔 아버지의 표정은 그리 좋지 않았다.

"또 중매자리가 들어오면 이야기해 줄게 한번 생각해 봐."

중매쟁이 아저씨는 셋째 누나 카말을 살짝 흘겨보고선 자신의 택시를 타고 사라졌다.

---

8) 시아파(Shia): 예언자 무함마드의 혈통만이 이슬람의 지도자(칼리파)가 될 수 있다는 이슬람의 한 종파이다. 시아파의 종주국은 이란이다. 수니파는 이슬람의 한 종파로, 종주국은 사우디아라비아이다.

호잣은 서둘러 그리스도교 지구로 뛰어갔다. 있는 힘을 다해 달린 호잣은 그리스도교 지구와 이슬람 지구의 사이가 이렇게 먼지 처음으로 알았다. 마리나와 함께 걸었을 때는 그렇게나 짧았었는데 말이다.

그리스 정교회 앞에 다다른 호잣은 숨을 골랐다. 하루의 끝을 알리는 아잔 소리가 울렸다. 오루미예 시내 전체에 메아리치며 돌림 노래가 되어 들려왔다. 조금 있다가 교회의 대문이 열리고 그리스 정교회 신자들이 걸어나왔다. 여느 때처럼 마리나가 무리들 사이에서 걸어 나왔고, 호잣을 부르며 인사를 했다.

"호잣, 오늘은 무슨 일이야?"

"같이 좀 걸을 수 있을까?"

"오늘부터는 좀 바빠져서 그냥 여기서 말하면 안 될까?"

호잣은 주변을 살피며 정교회 신자들이 빠져나가기를 기다렸다.

"미국에 간다며…."

호잣의 말과 마리나의 말 사이 간격이 길어졌다.

"응. 가족 모두가 떠나기로 했어."

"미국에 가도 힘들 거야."

"알아. 그래도 이곳에서보다 가난하지는 않을 거야."

"가난······."

그리고 이 간격은 이윽고 기나긴 침묵이 되었다.

아잔 소리가 오루미예의 하늘을 뒤덮은 그날, 호잣은 마리나에게 아무 말을 할 수 없었다. 그리고 단 한마디, 짧은 인사말도 건네지 못했다. 호잣은 이런 일이 모두 가난 때문이라고 판단했다. 호잣에게 가난은 마리나를 떠나보낼 수밖에 없는 일이었다. 호잣은 아무것도 할 수 없었다.

오루미예를 떠나는 호잣

쉬미나 덕분에 나아진 집안 형편은 그리 오래 가지 못했다. 나라 전체가 가난에서 헤어 나오고 있지 못했다. 매일 식탁 위에 올라오는 난은 점점 딱딱하게 굳어갔다.

호잣은 딱딱하게 굳어버린 난을 먹을 걱정보다 딱딱하게 굳어져 가는 자신의 내일이 더 걱정이었다. 쉬미나와 마리나가 떠날 때 호잣은 아무것도 할 수 없었다. 그녀에게 아무 말도 못 건네고 떠나보냈다.

그리고 자신의 처지를 돌아보니 일할 나이가 되어서도 일할 곳이 하나 없었다. 친구들 중에서도 몇몇은 터키나 테헤란으로 갔다. 호잣도 테헤란으로 갈 결심을 했다. 테헤란에 삼촌이 살고 있었기에 당분간은 그곳에서 머물며 기술을 익힐 계획이었다.

삼촌 친구 중엔 일본에서 칠 년간 일하다 온 기술자가 있었다. 어떻게 잘 해보면 일본으로 일을 하러 나갈 수도 있을 것 같다는 상상을 했다.

소문에 따르면 일본에서 일하다 온 사람들은 집도 사고 차도 몇 대씩 살 수 있을 만큼 돈을 모아 왔다고 했다.

호잣의 결정에 아버지와 어머니는 뭐라고 할 입장이 되지 못했다. 그렇게 호잣의 테헤란 행은 별다른 말 없이 묵묵히 진행되었다.

호잣은 까맣고 커다란 가방을 트렁크에 싣고 아버지 차에 올랐다. 호잣에게는 별다른 짐이 필요 없어서 가방 하나만으로도 충분했다.

이 가방은 쉬미나가 국경을 넘을 때 들고 갔던 이민 가방보다 훨씬 큰 것이었지만 청년인 호잣이 들자 그다지 큰 가방으로 보이지는 않았다.

아버지가 트렁크를 열고 가방을 꺼내려고 하자 호잣은 아버지를 비켜 세우고 자신이 집어 들었다. 아버지는 멋쩍게 트렁크 문을 닫았다.

테헤란 행 버스는 이미 터미널에 와 있었다. 운전석 한쪽 차창엔 테헤란이라고 쓰여 있었다. 호잣은 아직 오루미예를 떠난다는 사실이 실감이 나질 않았다.

어머니는 뒤덮고 있던 히잡으로 눈물을 닦기 시작했고 아버지는 아무 말이 없었다. 다비야와 카말은 호잣의 옷 매무새를 만져주며 얼굴을 쓰다듬고 포옹을 나눴다. 눈물만 닦아내던 어머니가 다가와 호잣의 얼굴을 만지며 울음을 터뜨렸다. 어머니는 격려나 위로, 근사한 이별의 말을 하지 않았다.

"내 아들, 내 아들, 내 아들…."

어머니는 '내 아들'이라는 말만 연거푸 토해냈다. '내 아들'이라는 말 속에 모든 하고 싶었던 말들 그리고 하고 싶은 말들이 담겨 있었다. 어머니는 호잣의 얼굴을 한 번이라도 더 만지고자 호잣의 품에 안겼다. 어머니의 히잡은 반쯤 벗겨져 군데군데 희끗희끗한 머리칼이 드러났다.

누나들도 다가와 호잣을 감싸며 떠남에 대한 아쉬움과 축복을 전했다. 아버지는 호잣의 어깨를 몇 번 두드리고 버스에 올라 운전기사에게 악수와 간단한 인사말을 건넸다.

호잣은 어머니와 누나들의 어깨를 두드리며 아무 말도 하지 못했다. 어서 오루미예를 떠나야만 했다. 버스에 오를 시간을 약간 넘기고서 호잣은 버스에 올랐다.

버스 안에는 호잣 또래의 청년들이 듬성듬성 앉아 있었다. 차창 밖과 안으로, 이쪽 사람과 저쪽 사람은 서로 얼굴을 들어 떠나는 버스를 바라보며 하염없이 손을 흔들고 눈물을 흘렸다.

버스는 이 행렬에 아랑곳하지 않고 터미널을 빠져나가기 위해서 후진을 했다. 그러나 가족들은 버스 옆에 딱 붙은 채 한 번이라도 자기 자식이나 연인의 얼굴을 보려고 몰려들었다. 버스가 후진을 멈추고 전진하기 위해 핸들을 틀자 그때에야 가족들은 양 갈래로 비켜섰다.

호잣은 버스의 차창 너머로 무언가 말을 하고 싶었지만 끝내 하지 못했다. 가족들이 내려다보이는 차창에 입김을 불어 애꿎은 별모양 그림만 그렸다. 버스는 가족 무리를 양 갈래로 비켜 세우고 터미널을 빠져나왔다. 그리고 양 갈래로 갈라진 오루미예 호수 한가운데를 가로질러 달리기 시작했다.

세상 모든 터미널에는 이야기가 있다. 새로운 세상을 향한 설렘도 있고, 안타까운 이별도 있다. 어쩔 수 없이 고향을 떠나야 하는 서글픔도 있고, 다시 돌아올 것이라는 기다림이 있다. 그러나 이때 이란의 터미널에서는 이 마음들이 두터운 버스 차창에 가로막혀 있었다.

2부
택시 운전사 호잣

버스는 밤을 꼬박 새우고, 다시 한낮을 달린 뒤에야 테헤란⁹⁾
에 도착했다. 호잣은 거대한 터미널에 가득 차 있는 버스와 많은
사람들을 보고 테헤란이 이란 최대의 도시임을 실감할 수 있었
다. 오루미예에 있는 모든 버스와 차를 모아놔도 이곳 서부터미
널 한 곳에 주차되어 있는 택시와 버스보다 적었다.

호잣은 너무 오래 앉아 있었는지 버스에서 내려 땅에 발을 디
뎠을 때 좀처럼 다리에 힘이 들어가지 않았다. 가까스로 가방은
꺼내 들었지만 어디로 가야 할지 알 수가 없었다.

둥근 원형 구조의 서부 터미널을 몇 바퀴나 돌고 나서야 삼촌
사메드가 기다리고 있는 북쪽 입구를 찾을 수 있었다. 삼촌은

---

9) 테헤란(Teheran): 이란의 수도로 이란의 정치, 경제, 문화의 중심지. 서아
시아에서 가장 큰 도시이다.

두 팔 벌려 호잣을 반겼다. 삼촌은 호잣의 큰 가방을 들고 자신의 차가 주차되어 있는 곳까지 호잣을 안내했다.

테헤란 터미널의 주차장은 그 크기만 해도 오루미예 시내의 반만해 보였다. 호잣은 삼촌 차에 몸을 싣고 삼촌네 집으로 향했다. 수많은 빌딩과 자동차가 가득한 도로 건너편에는 뭐가 있는지 짐작이 되질 않았다. 몇 블록을 지나도 비슷한 분위기의 시내가 이어졌다.

삼촌은 건물과 건물 사이에 차를 세워 놨다. 호잣과 삼촌은 자동차 문을 살짝 열고 목만 빼꼼히 내놓은 채 차에서 내렸다. 그리고 트렁크에서 가방을 꺼낸 뒤 건물 안으로 들어갔다. 몇 층을 올라가자 숙모와 조카 마드가 호잣을 반겼다. 가방을 내려놓을 겨를도 없이 숙모는 차와 과일을 내놓았다. 호잣은 차와 과일을 입에 대어볼 여유도 없이 자기가 쓰기로 한 방에 그대로 쓰러졌다.

호잣은 삼촌 사메드를 따라 택시운전을 하기로 했다. 도로 위에 차가 가득하고 길도 복잡한 테헤란의 도로를 외우기란 여간 쉽지 않았다. 한동안 호잣은 삼촌이 운전하는 택시의 조수석에 앉아 돈을 받고 거슬러 주는 잔일을 하며 테헤란의 길을 익혔다.

호잣은 처음에 삼촌의 거친 운전에 조수석 안전띠를 꼭 붙들어 매야 했다. 삼촌의 택시는 차와 차 사이를 오고가며 빠르게 사람을 실어다 날랐다. 오루미예의 택시 안에서는 운전사와 손님이 귀가 따가울 정도로 대화를 나누고 가끔씩 싸우기도 하는데, 테헤란에서는 대화보다는 속도가 우선이었다. 그렇게 삼촌은 하루의 목표치의 금액을 벌고, 가족의 품으로 돌아갔다.

어느 정도 길이 익숙해지자 호잣은 삼촌이 내준 택시 한 대로 운전을 시작했다. 운전 솜씨도 그다지 좋지 못하고, 목표량의 금액을 제대로 채우지는 못했지만 몇 년의 시간을 거듭하면서 베테랑 운전사가 되었다.

테헤란에서의 생활이 익숙해질 무렵 첫째 누나 다비야가 결혼한다는 소식이 들렸다. 오루미예 버스터미널에서 근무하는 아밀이라는 사람과 결혼을 한다고 했다. 다비야는 결혼 적령기보다 늦은 나이였지만 아랍이나 미국으로 가지 않았다. 그 사실에 호잣은 안심했다. 그러나 한편으로 터키 국경을 넘던 둘째 누나 쉬미나와 마리나의 모습이 자꾸 떠올랐다.

테헤란에는 중앙 극장가 길이 있다. 육차선 도로 양쪽으로 영화관 간판이 커다랗게 늘어서 있고, 각 영화관마다 포스터들이 건물 외벽을 덮고 있었다.

포스터에는 항상 히잡을 뒤집어쓴 여성이 그려져 있었다. 히잡을 쓰고 총을 든 여성, 히잡을 쓰고 책을 든 여성, 히잡을 쓰고 남성의 품에 안겨 있는 여성, 히잡을 쓰고 달리기를 하고 있는 여성까지 어떤 여성이건 히잡을 쓰고 있었다.

영화에 대해서 철저한 수입규제를 하고, 자국영화를 육성한 이란 혁명정부, 신성 이슬람국가 이란의 결과물이 바로 이 중앙 극장가 길이었다.

그러나 호잣이 터미널로 택시를 몰면 사정은 달라진다. 터미널 뒷골목에는 금발의 여성, 하얀 드레스를 입은 여성… 다양한 모습을 한 여성과 유명한 할리우드 배우들이 인쇄되어 있는 비디오와 CD들로 가득했다. 물론 이곳에는 이란에서는 절대로 만들 수 없는 성인용 비디오도 많이 있었다. 호잣은 신성 이슬람국가 이란의 수도 테헤란의 중앙 극장가 길과 터미널 뒷골목 사이로 택시를 몰았다.

수많은 길을 오고 가다가 호잣은 테헤란에 '서울로'란 거리가 있다는 사실을 알게 되었다. 테헤란은 동쪽에 한국의 수도인 서울과 결연을 맺었다. 둘은 우의를 다진다는 기념으로 서울에는 테헤란로 테헤란에는 서울로라는 이름을 나눠 가졌다고 한다.

호잣은 이란에 온 한국 손님을 태우게 된다면 어색한 분위기를 없앨 수 있는 작은 대화거리를 찾았다. 호잣이 서울로를 빠져나오자 갑자기 둘째 누나 쉬미나의 기억이 떠올랐다. 쉬미나와는 모함메드라는 같은 성을 가지고 있었다. 그러나 지금은 어떤 아랍 사람의 네 번째 부인이 되어서 그마저도 공유할 수 없었다.

호잣이 택시를 조금 더 세워 놓은 것은 마리나 때문이었다. 마리나와는 그 어떤 이름도 공유하지는 못했다. 아마 그녀와 결혼을 했었더라면 자신의 이름을 나눠줄 수 있었을 것이다. 그러나 마리나의 이름은 그녀가 여성이기 때문에 자신에게 줄 수 없었을 것이다. 그렇다면 둘 사이에는 서로를 부르는 새로운 이름이 필요한 걸까? 이런저런 상상을 해보지만 결국 호잣은 그 둘에게 그 어떤 말도 건네지 못했었다. 이런저런 복잡한 생각이 머리 위를 스쳐 지나갔다.

조급함으로 지친 하루

호잣이 테헤란에서 택시운전을 한 지 어느덧 삼 년이 지났다. 손님을 기다렸다. 태웠다. 그리고 복잡한 도로를 견뎠다. 그리고 다시 기다렸다. 그러나 호잣을 기다려주는 사람은 없었다.

하루하루는 호잣을 지치게 했지만 불안한 내일은 호잣을 조급하게 만들었다. 더 이상 택시운전만으로는 살아갈 수 없다는 생각이 들었다. 그리고 운전을 하며 겪는 사소한 일들은 커다란 불평이 되었다.

무엇보다 호잣이 택시운전을 하면서 겪는 가장 큰 불만은 외국인 손님을 태울 때였다. 터키, 사우디아라비아, 아랍에미레이트의 두바이나 아부다비에서 온 사람들, 아니면 노르웨이, 네덜

란드, 한국, 일본에서 온 사람들을 태우고 나면 테헤란의 작은 택시 안에 갇혀 있는 자신에 대해서 오랜 시간을 고민해야 했다.

외국인들은 페르시아어를 못하기 때문에 별다른 말을 걸거나 필요한 말만 짧게 영어로 하는 것이 고작이었다. 그러나 호잣은 자신과 다른 생김새, 옷차림, 커다란 배낭을 보노라면 당장이라도 이란에서의 생활을 때려치고 싶었다. 호잣은 이맘 호메이니 국제공항으로 향하는 자신의 택시를 타고 가서 그대로 아무 비행기나 올라타고 싶었다. 하루에도 이런 충동이 몇 번이나 반복되었다. 그러면서 호잣의 운전은 삼촌 사메드처럼 사나워졌다. 호잣도 그렇게 여느 테헤란의 택시 운전사처럼 한계에 다다랐다.

그러던 어느 날 호잣은 조급함으로 지친 하루를 끝내고 삼촌네로 돌아왔다. 조카 마드도 한창 사춘기인지라 반갑게 맞아주지 않았다. 숙모는 목소리로만 호잣을 반기고, 몸으로는 서둘러 식사준비를 하고 있었다. 호잣은 망설임도 없이 그리고 계획도 없이 삼촌 사메드에게 갔다.

"삼촌, 말씀드릴 게 있어요."

평소에 아무런 말이 없던 호잣이 모처럼 말을 걸어도, 삼촌은 텔레비전에 빠져 귀찮은 듯이 대꾸했다.

"뭔데?"

호잣은 머뭇거리지 않았다.

"저 그만 둘래요."

사메드는 호잣에게 이유를 묻지 않았다. 앞으로의 계획을 묻지 않았다. 오히려 식사를 준비하던 숙모가 달려와서 호잣을 붙잡고 여러 이유를 캐묻기 시작했다.

"호잣, 왜, 지금처럼 힘들 때 또 어디서 일을 구하려고, 그만두면 뭐 할 거라도 있어?"

"아무것도 없어요. 더는 못하겠어요."

"호잣 너도 이제 다 컸잖아. 너도 여기서 조금만 더 지내다가 독립하고 자리를 잡아야지."

"죄송해요. 더는 못하겠어요."

숙모의 걱정은 점점 훈계로 바뀌어 갔다. 그때 삼촌은 텔레비전을 끄고 방으로 들어가더니 손에 작은 종이를 하나 들고 나왔다.

"이스파한[10]으로 가라. 거기에 내 친구 레자라고 있는데, 그 친구 밑에서 일을 좀 해봐."

---

10) 이스파한(Isfahan): 이란고원 위에 있는 도시로, '이스파한은 세상의 반'이라는 속담이 있을 만큼 아름다운 도시이다.

삼촌은 레자에 대해서 그 무엇도 알려주지 않았다. 호잣도 레자에 대해서 무엇도 알려고 하지 않았다. 삼촌은 바로 레자에게 전화를 걸었다. 그리고 나서 일주일 뒤 호잣은 까맣고 커다란 가방 하나만을 들고 이스파한으로 떠났다.

레자의 이야기

레자는 이스파한에서 태어났고 줄곧 이곳에서 자라왔다. 그는 전쟁이 한창일 때 전장으로 향하기엔 애매한 나이에 걸쳐있었다. 그래서 그는 이스파한에 남아 가난과의 전쟁을 해야만 했다.

그는 매일 들려오는 전쟁 소식 때문에 죄책감에서 벗어날 수 없었다. 자기보다 한두 살 많은 사람들이 전쟁터에서 전공을 세우거나 전사하였다는 소식을 들으면 레자는 무언가 자신이 책임을 다하고 있지 않다는 생각에 밤마다 부모님께 졸라 자신은 입대하겠다며 떼를 쓰곤 했다.

입에서 입으로 소문에서 소문으로 들리는 전쟁은 레자에게 환상을 심어주었다. 전공을 세운 자는 영웅으로 보였고, 위대한 성전을 이룩한 용사로 느껴졌다. 심지어는 누군가를 죽이는 일, 누군가에게 죽임을 당하는 일조차도 명예롭게 느껴졌다.

전쟁이 끝나자 그는 소문은 그저 소문이고 선전은 그저 선전임을 깨닫게 되었다. 9년간 지속된 전쟁은 이란 전역에 가난이라는 역병을 몰고 왔다. 세상의 반이라는 칭호를 갖고 있는 이곳 이스파한조차도 이 역병에서 벗어날 수 없었다. 레자가 갖고 있던 전쟁에 대한 환상은 바로 가난이라는 현실에 부딪히고 나서야 산산이 부서졌다. 차라리 적군의 총탄에 장렬히 전사하는 게 낫다고 생각할 만큼 가난이라는 적敵은 자신의 살을 파먹는 존재였다.

전쟁이 끝나자 이란의 젊은이들은 외국의 노동시장을 향해 나갔다. 이때 레자도 일본행을 결정했다. 일본인에 비해 상대적으로 저렴한 노동력이 필요한 일본의 필요와 어떻게 해서든 전후복구를 위한 외화와 젊은 인력을 순환시켜야 하는 이란의 입장이 맞아떨어져서 그는 그리 어렵지 않게 일본행 비행기에 오를 수 있었다.

그가 처음 도착한 곳은 도쿄였다. 그 당시 일본은 버블경제가 무너진 직후라서 경제적 상황이 어려운 시기였다. 레자에게 비친 일본인들은 절망에 주눅이 든 사람들의 눈빛이었다. 그러나 그가 느끼는 가난과 일본인들이 느끼는 가난은 많이 달랐다. 이미 그들은 충분히 가지고 있음에도 뭔가에 쫓기고 불안해하며 바빴다. 인사다운 말 한마디도 없었다. 이란이라는 전혀 다른 문화를 갖고 있고 멀리 떨어진 곳에서 왔음에도 사람들은 레자에게 질문을 거의 하지 않았다.

그는 외로움과 고립감이 밀려드는 밤이 싫었다. 시간이 되면 메카를 향해 올리던 기도가 그를 지탱한 것이 아니라 이곳에서의 수입이 그를 버티게 했다. 외롭고 힘들더라도 매달 들어오는 급여로 이스파한의 가족들이 좀 더 나은 생활을 할 수 있었다. 그는 자신이 일본에 온 것은 이라크와의 전쟁 때 나라를 지킨 이들에 대한 보답이라고 생각했다. 그도 그 나름대로의 치열한 전쟁을 한 셈이다.

도쿄에서의 이 년여의 생활이 끝나고 레자는 시코쿠의 어느 시골 공장으로 일터를 옮기게 되었다. 급여도 도쿄에 비해 많이 줄었다. 하지만 이곳에선 인사를 나눌 수 있었다. 다시 기도의 자리로도 되돌아왔다. 도쿄에선 여유가 없어 제대로 배우지 못했던 일본어도 이곳에서는 차근차근 배울 수 있었다.

이렇게 일본에서의 칠 년여의 생활을 정리하고 이란으로 돌아온 레자는 지역의 유지가 될 만큼 경제적으로나 교육 수준에 있어서도 성장했다. 특히 이스파한 안에 있는 일본 관련 통역이나 번역은 모두 레자가 맡아서 진행했다. 일본을 다녀오고 나서 레자뿐만이 아니라 레자의 가족 모두의 삶이 바뀌었다.

어느 날 레자는 테헤란에 있는 친구 사메드의 전화 한 통을 받았다.

"살람[11], 레자."

"살람, 사메드. 무슨 일이야 이 밤에. 그리고 테헤란에서는 재미가 어때?"

"재미는 무슨. 나 같은 애 하나 보낼 게, 좀 맡아줘."

레자는 사메드가 무슨 말을 하고 싶은지 더 묻지 않아도 알 수 있었다.

"알았어. 이스파한에는 언제 오니?"

"곧 보낼게."

레자는 이스파한 버스 터미널로 자신의 차를 타고 나갔다. 그리고 작은 공책에 '사메드의 조카 호잣'이라고 써놓고 호잣을 기다렸

---

11) 살람: '평화'를 뜻하며 인사말로 쓰인다.

다. 잠시 후 청바지에 체크무늬 셔츠를 입고 까맣고 커다란 가방을 들고 터미널을 두리번거리는 호잣과 눈이 마주쳤다. 레자는 두리번거리는 그의 모습에서 이 시대에 방황하는 모든 젊은이들의 불안을 볼 수 있었다.

세상의 반, 이맘 광장

호잣은 레자의 집에서 일했다. 일 층은 공방이었고 이 층부터 레자의 집이었는데 호잣은 레자의 집에서 멀지 않은 곳에 하숙집을 얻고 매일 호잣의 집으로 출근했다. 평소에는 공예품들을 만들고 고치는 일을 하고 가끔씩 레자를 따라서 골동품들을 수집하러 다녔다.

때때로 일본인들이 이스파한을 방문하면 레자는 전문 통역을 맡았다. 그때면 호잣은 레자의 운전사였다. 레자의 공식적인 안내와 일정이 끝나면 호잣은 조금의 관광안내를 맡았다. 레자를 따라나서는 날이면 호잣은 일본에서 있었던 일을 물었다. 그리고 앞으로 이란에서의 생활과 돈벌이까지 생각나는 모든 것들을 레자에게 물었다. 레자도 그때가 좋았었는지 일본에 대해서 이야기하는 것을 좋아했다. 레자는 약간의 과장이 있었지만 호잣에게 자신의 경험을 아끼지 않고 얘기해 주려고 애를 썼다.

하루는 유목민의 카펫 몇 점을 구입한 뒤 이스파한으로 돌아오는 길이었다. 여느 때나 이스파한 광장 사거리는 차가 막혔다.

"호잣, 오늘은 여기서 내려줄게 그만 들어가 봐. 카펫은 내가 일 층에 내려다 놓고 바로 들어갈 테니간."

"아 괜찮으시겠어요?"

"너 없으면 안 될 건 또 뭐겠니. 어서 가봐."

"아 그러면 저는 여기서 가볼게요."

"그래 내일 보자."

레자는 번잡한 이스파한 사거리에서 한쪽에 잠시 차를 세우고 호잣을 내려주었다. 호잣은 차에서 내린 뒤 운전석에 앉아 있는 레자와 악수를 나누고 뒤돌아서 이스파한 광장으로 향했다.

이스파한 광장에 가기 전 놀이터가 나왔다. 아이들이 뛰어 놀며 식어가는 낮을 즐기고 있었다. 그 옆으로 분수가 솟아올랐다. 분수를 시작으로 뻗어난 길 양옆으로 여름 꽃들이 잔뜩 피어 있었다. 솟아오른 분수가 물방울을 꽃 위로 뿌렸다. 꽃은 더욱 선명한 빛깔로 저물어 가는 햇빛을 반사했다.

분수 길을 지나 조금 더 걷다 보니 이스파한 광장에 이르렀다. 이따금 마차가 사람들을 태우고 이스파한 광장을 돌고 있었다. 가운데는 커다란 분수가 뿜어져 나오고 그 뒤로는 이맘 모스크의 거대한 지붕이 사파이어 빛을 반짝이고 있었다. 이맘 모스크를 중심으로 길게 이어진 바자르와 궁전 그리고 쉐이크 롯폴라 모스크가 옆에 자리 잡고 있었다. 거대한 정원 같은 이스파한 광장 안에는 푸른 풀밭과 꽃들 사이로 나들이 나온 가족들이 돗자리를 깔고 앉아 있었다.

밤이 무르익어 가자 이스파한 광장 안 모든 창문들과 지붕은 불빛을 밝혔다. 은은한 주황빛 조명은 아래에서 위를 향해 쏘아 올려졌다. 텅스텐 전구의 주황빛은 광장 안의 모든 것을 따뜻한 빛으로 감쌌지만 이맘 모스크의 사파이어색 지붕만큼은 주황빛 사이로 자신의 푸른 빛을 잃어버리지 않았다.

호잣은 이스파한 광장 주변을 서성거렸다. 모스크와 궁전 박물관과 시장, 그리고 사람들과 수많은 식당들까지 이스파한 광장에는 신과 왕, 역사와 생활이 모두 있었다. 출출해지자 호잣은 샌드위치를 사서 분수가 옆에 앉았다. 분수는 물로 된 얇은 커튼을 만들어 냈다. 그 뒤로 쉐이크 롯폴라 모스크가 반투명하게 비춰졌다. 분수가 멈추면 다시 쉐이크 롯폴라 모스크의 페르시아 블루의 벽면 타일은 선명히 나타났다. 호잣은 이런 반복을 가만히 들여다봤다. 분수 물줄기가 힘차게 하늘을 향해 치솟았다. 그리고 그 뒤를 따르는 작은 물방울들이 호잣의 살갗에 닿았다.

이맘 광장의 다른 이름은 세상의 반이다. 세상의 반 이맘 광장, 이곳에 와본 사람은 세상의 반을 보고 간 것이다. 그리고 남은 세상의 반을 알아가야 할 이유를 찾게 된다. 호잣은 남은 세상의 반이 보고 싶었다.

호잣은 자신이 어떻게 해서 여기까지 오게 되었는지 처음으로 생각하기 시작했다. 쉐이크 롯폴라 모스크의 푸른색 타일이 뿌옇게 번지면 오루미예의 호수가 떠올랐다. 하늘과 호수의 경계가 무너지던 오루미예 호수와 반투명과 선명함이 교차하는 쉐이크 롯폴라 모스크가 호잣의 눈동자 속에서 포개어졌다.

지금까지 호잣에게 세상의 반은 헤어짐이었다. 오루미예에서 겪은 헤어짐, 한마디도 건넬 수 없었던 그 죄책감이 이곳 이스파한까지 오게 한 것일까. 자기 삶의 남은 부분은 어떤 모습으로 채워갈지, 또 어떤 만남과 헤어짐이 기다리고 있을지, 고민만 남겨놓은 채, 차마 손에 들고 있던 샌드위치를 다 먹지 못하고 하숙집으로 돌아왔다.

시인의 다리, 하주 다리

9월의 밤이 되었다. 메말랐던 대지의 핏줄에 다시 생명이 흐리기 시작했다. 이스파한 시민들은 해가 지면 하나둘씩 자얀 강 위 하주 다리로 모여들었다. 다리의 동쪽은 무슬림 지구이고 다리의 서쪽은 아르메니안 지구다.

하주 다리를 지탱하는 돌기둥 아래 물이 닿지 않는 곳에 다시 노천카페가 들어섰다. 사람들은 차이를 마시며 하루의 시름을 강물에 흘려보냈다. 언제 전쟁이 있었고, 어디 가난이 있을까.

다리 기둥 아래에서 작은 기타 선율이 울렸다. 시인의 다리 하주 다리에 밤이 들면 두 불빛이 켜진다. 먼저 커다란 보름달이 하주 다리 위에 하얀 달빛을 내린다. 그러면 은은한 주황색 텅스텐 전구는 아래에서 위를 향해 쏘아 올린다.

달빛이 내린 하얀 빛과 사람이 쏘아올린 주황빛이 만나는 지점에 하주 다리를 거니는 이스파한의 사람들이 있었다. 머리는 달빛이, 몸은 텅스텐 전구가 비쳤다. 사람들의 그림자는 모든 방향으로 만들어졌다.

이스파한의 여성들은 히잡을 살짝 느슨하게 쓰고 하주 다리 위를 걸었다. 다리 위를 걷는 사람들은 기타 선율에 맞춰 발걸음을 맞췄다. 그리고 좋아하는 시 몇 구절을 벗들과 나누었다. 하주 다리 위에서는 누구나 시인이 되고 누구나 악사가 된다. 만약 자신이 시인과 악사의 자질이 없다고 하는 사람도 아무런 문제가 없다. 이곳에서 그들은 훌륭한 관객이 될 수 있다. 밤만이 만들어 낼 수 있는 빛들은 하주 다리에 소리 없는 이야기를 만들었다.

호잣도 밤이 되자 하주 다리를 향했다. 하주 다리의 기둥 사이사이로 강물은 너무 세지도 약하지도 않게 흘렀다. 강물 위에는 일렁이는 또 다른 하주 다리가 세워져 있었다. 물 표면에 그려진 이 다리 위에서는 사람들이 거꾸로 매달려 무슬림 지구와 아르메니안 지구 사이를 서로 반대방향으로 오가고 있었다. 무슬림은 아르메니안 지구로 향하고, 아르메니안은 무슬림 지구로 향한다. 그러다가 장난끼 가득한 소년이 강에 물수재비라도 튕기면 다리는 한없이 흔들렸다.

하주 다리를 사이에 두고 모두 한데 섞여 삶을 나눴다. 누군가 호잣에게 차이를 건하자 호잣은 차이를 받았다. 하주 다리의 노천카페에선 나이가 따로 없었다. 어르신은 아이를 존경하고 아이는 어르신을 오랜 친구처럼 대했다. 무슬림은 그리스도인을 형제라 부르고 그리스도인은 무슬림을 친구라고 불렀다. 이방인은 오랜만에 이국땅에서 돌아온 가족처럼 환대를 받았고, 누군가를 간절히 기다리던 사람은 마침내 재회를 하였다. 서로를 알건 모르건 다리 위에서 오고 가는 눈빛과 발걸음 속에서 모두는 하나라는 꿈에 젖어 들었다. 이 꿈은 시를 써 내려갔고, 악사는 연주를 멈추지 않았다. 아잔 소리도 교회 종소리도 하주 다리 밑을 힘차게 빠져나가는 강물 소리에 흘러내려갔다. 이곳에서 들리는 것은 오직 하주 다리가 만들어내는 화음뿐이었다. 호잣은 이 소리가 만들어 내는 화음을 따라 좌우로 갈라진 이슬람 지구와 아르메니아 지구 사이에 놓여 있는 하주 다리를 넘나들었다.

수많은 사람들을 지나치다가 호잣은 레자 씨를 만났다. 레자씨 왼쪽엔 아내와 오른쪽엔 딸 멜리나가 있었다. 멜리나는 아직 어려서 히잡을 쓰지 않았다. 멜리나는 모든 여성이 쓰고 있는 히잡을 쓰지 않아서 어색하다기보다는 자신에게 주어진 권리의 시간을 마음껏 누리는 듯했다. 당당히 거리를 다니며 거리낌 없이 자신의 머리를 쓸어내렸다.

"어이 호잣! 달빛이 참 아름다운 밤이야."

호잣과 레자는 반가움의 악수를 나눴다. 오늘 하루 종일 같이 있다가 또 보았는데도 반가움의 인사는 오고 갔다.

처음 교회를 가보다

하주 다리 건너편엔 아르메니안 지구가 있다. 세 곳의 아르메니안 교회가 모여 있고, 교회 주변으로는 아르메니안들이 모여 살고 있었다. 교회 지붕 높이 십자가가 높이 걸려 있거나 하진 않았다. 이곳 아르메니안 지구에서는 가끔씩 히잡을 살짝 걸친 여성이나 아주 히잡을 벗어 던진 여성들을 종종 볼 수 있다.

종탑 위로 오랫동안 울리지 않은 종이 매달려 있었다. 이스파한 사람들조차 이곳에 오면 이질적이고 낯선 느낌을 갖는데 호잣은 이곳의 분위기가 전혀 낯설지 않았다. 호잣이 살았던 오루미예는 이곳보다 더 많은 그리스도인들이 살고 있었기 때문이다. 다만 다른 점은 오루미예에선 교회에 들어가 본 적이 없었다는 것이다.

호잣은 어렸을 때부터 다른 이의 종교의식을 방해해서는 안 된다고 배워왔다. 그래서 마리나가 기도하던 옆자리에 앉아보고 싶었지만 호잣은 단 한 번도 교회에 들어가 본 적이 없었다. 그런데 이스파한은 오루미예와는 달랐다. 아르메니안 교회 옆으로는 역사박물관이 있었고, 교회 자체의 탁월한 예술성 덕분에 유명한 관광지로 자리매김하였다. 그래서 누구나 이곳을 방문할 수 있었다. 호잣은 떨리는 마음으로 아르메니안 교회를 찾았다. 아르메니안 교회의 겉 벽면은 순박한 황토색 벽돌이었다. 토담집 같아 보이는 이 교회는 이스파한 광장의 이맘 모스크나 쉐이크 롯폴라 모스크와 비교한다면 가정집만도 못한 수준이었다. 교회 앞에 세워진 교회 종탑만이 이곳이 교회임을 짐작하게 했다.

호잣은 교회 주변을 한 바퀴 돌아본 뒤 교회 입구를 찾았다. 호잣의 머리가 가까스로 닿을 만큼 작고 좁은 문이 교회의 정문이었다. 교회 벽이 황토색 흙담만으로 쌓여 있어서 그런지 내부 또한 별로 기대되지는 않았다.

그러나 머리가 닿을 듯한 좁은 문을 들어서자 거대한 샹들리에가 호잣의 시력을 잠시 빼앗았다. 고개를 한 번 털고 다시 시력을 되찾아 교회 내부를 둘러보니 교회는 그때서야 제 위용을 드러냈다. 전혀 상상도 할 수 없었던 수많은 색상의 벽화들이 교회 전체를 장식하고 있었다.

코란의 내용을 서예로 표현하거나 기하학적 무늬로 장식을 하는 모스크와는 달리 한눈에 봐도 알 수 있는 성서의 이야기들이 생생한 그림으로 살아 있었다. 사용된 색상들도 푸른색과 에메랄드색 그리고 하얀색과 황금색만을 사용하는 모스크와는 달리 붉은색과 노란색, 초록색과 파란색 등의 선명한 색깔이 곳곳에 사용되어 있었다.

교회의 그림엔 늘 사람이 그려져 있었고, 신을 그리는 것에 또한 주저함이 없었다. 신은 긴 수염을 기른 다부진 몸매의 노인이었다. 그의 아들은 깡그리 마른 체형에 우수에 찬 눈빛을 가진 청년이었다. 그의 어머니는 새하얀 얼굴을 드러내 보였다. 그들 주변으로 수많은 비둘기들이 날고 있었고, 그 밖으로는 아이들이 날개를 달고 날아다니고 있었다. 호잣은 낯설기도 하지만 그 그림들이 전하고자 하는 바를 짐작할 수 있었다. 교회의 관리인이 호잣에게 다가왔다. 그리곤 벽면에 그려진 성화들의 내용을 하나둘 설명해 주기 시작했다.

"이것은 아담과 하와가 살았던 에덴동산이라오."

"그리고 저것은 아브라함이 이삭을 신께 바치기 직전의 모습이고, 그리고 저것은 에제키엘이라는 예언자가 환상을 보던 때의 모습이라오."

호잣은 조용히 손가락을 들어 말을 탄 사람들이 수많은 무기를 들고 있는 그림을 가리키며,

"저것은 무슨 그림이죠? 저기 대부분의 그림은 성서에 나와 있는 내용들이죠?"

"오오 잘 아시는구려, 코란에서도 익히 들어서 알던 내용일 게요. 그런데 저 그림은 조금 다르오. 저것은 우리 아르메니안들이 최초로 그리스도교를 받아들이고 국교가 되었을 때의 모습이라오."

관리인은 아르메니안 왕들의 이름을 대며 그들의 역사를 늘어놓기 시작했다. 호잣은 의아했다. 관리인을 비롯한 아르메니안들은 지금 이스파한에서 살고 있다. 아르메니안 교회는 아르메니안 교회라기보다는 이스파한 교회라고 불리는 게 어울렸다. 교회 내부 성화들 사이사이 꾸며진 무늬와 장식들은 원래 아르메니안 교회의 것이 아니고 이스파한의 것이었다. 아르메니아 정교회라는 신앙을 가져왔지만 그것은 이스파한의 방법으로 표현한 것이다. 호잣은 처음 모스크와 너무나도 다른 교회 내부에 놀랐지만 점점 시간이 지날수록 쉐이크 롯폴라 모스크와 아르메니안 교회

가 너무도 닮아 있다는 것을 느꼈다. 겉도 속도 색도 무늬도 내부 구조도 다 달랐지만 무언가 비슷한 기분이 들었다. 아마도 이슬람교건 그리스도교건 모두 이스파한 사람들의 신앙을 담은 곳이기 때문이지 않았을까. 호잣은 교회 내부 이곳저곳을 다니며 관리인에게 성화 설명을 부탁하였다. 설명을 다 듣고 난 뒤에 호잣은 성서를 그림이 아닌 문자로 읽어보고 싶어졌다. 그래서 교회 밖으로 나가 역사박물관 옆 기념품 가게에서 작은 성서를 구입했다.

마리나가 다녔던 교회도 이런 모습이었을까. 마리나가 기도를 올리는 곳이 이런 곳이었을까. 마리나가 읽던 경전은 어떤 책이었을까. 마리나가 없는 이제야 호잣은 처음으로 교회라는 곳에 들어가 보게 되었다. 호잣은 마리나와 자신을 이어주는 기억의 매개체를 찾았다. 그리고 구입한 성서 속에는 어쩌면 마리나에게, 그리고 둘째 누나 쉬미나에게 건네고 싶었던 한마디의 말이 있을지도 모른다는 생각을 했다.

무엇을 위한 카펫

　세상의 반 이스파한 광장 안에는 큰 바자르가 있다. 가게들은 반듯하게 닦인 길 사이사이로 잘 정돈되어 있었다. 식료품과 소금 절인 식품이 대부분이던 오루미예와는 달리 세련된 공예품과 도자기, 서예작품들이 바자르 안을 장식하고 있었다.

　이스파한 광장의 구심점이 되는 이맘 모스크 바로 옆에는 카펫 가게가 하나 있다. 모함메드라는 사장이 이 카펫상을 운영하고 있는데, 젊은 나이임에도 장사 수완이 좋아 몇십 년 넘게 카펫업을 하는 가게를 앞질렀다. 모함메드의 가장 큰 무기는 외국어였다. 영어는 기본에 터키어, 아랍어, 불어에 일본어와 중국어까지 구사할 수 있었다. 구사하는 수준도 장사만을 목적으로 하는 정도가 아닌 이란의 정치와 종교까지도 논할 만큼의 뛰어난 수준이었다. 그의 주 고객은 외국에서 온 관광객들이었다.

계속되는 미국의 경제제재로 피폐해진 이란의 경제는 주변국과 비교해서 물가가 상당히 낮았다. 그렇다고 해서 이란의 미적 가치가 떨어진 것은 아니었다. 이란의 물가가 낮아질수록 이란 사람들의 손재주와 공예품의 가치는 더욱 높아져 갔다. 물가의 수준이 그 나라의 예술의 수준은 결코 아니라는 것은 이란의 카펫을 보면 알 수 있다. 특히나 아랍국가나 아프리카 북부지역 이슬람권의 카펫은 서방 사람들에게 유명하기는 하였지만 카펫에 담긴 뜻과 그 만듦새는 이란의 카펫을 따라오질 못했다. 그래서 카펫을 아는 사람은 결국엔 이스파한으로 오게 된다는 소문이 카펫광들 사이에서는 퍼져 있었다.

'카펫은 돈으로 사는 것이 아니다. 삶으로 짜나가는 것이다. 그래서 카펫은 그것을 만든 사람의 삶의 모습과 신앙의 형태를 고스란히 나타낸다.' 이것은 모함메드의 카펫철학이다. 중간에 모함메드 같은 카펫업자가 유목민들과 마을을 찾아다니며 카펫을 사오고 되파는 것을 업으로 삼고는 있지만 아무 카펫이나 사들이고 아무 카펫이나 파는 것은 아니었다. 그 나름대로의 기준이 있었고 수준이 있었다. 아랍과 북아프리카 지역의 카펫은 원시

적 신앙과 삶의 모습을 카펫에 담았다. 자신들의 문화적 관습을 새겨 넣었고, 양이나 낙타 등 자신의 삶과 밀접한 환경을 카펫에 담았다. 우스개로 모함메드는 아랍사람들은 요즘 카펫에 석유랑 금괴를 수놓는다며 농담을 했다. 페르시아는 페르시아만의 카펫을 만들어 낼 뿐이고, 모함메드는 가장 페르시아다운 카펫을 찾아내 사오는 일을 할 뿐이었다.

호잣은 일본에서 온 레자의 손님 셋을 데리고 모함메드의 카펫가게를 찾았다. 모함메드는 호잣을 두 팔 벌려 맞이하고 차이를 내놓았다. 손님 셋은 차이를 보며 감사한 듯 받아는 들었지만 마음 열어 마시지는 않았다. 그들이 앉아 있는 모습이나 차이를 든 모습을 봐서는 무언가에 대한 경계를 여전히 풀지 못하고 있는 듯 보였다. 아무 말 없이 앉아만 있던 게 어색했던지 남자 한 명이 모함메드에게 짧은 영어로 이렇게 물었다.

"카펫이 참 많네요."

모함메드는 그의 영어 질문에 일본어로 답했다.

"카펫가게니깐 카펫이 많겠지요."

일본어로 대답한 모습에 그들은 잠시 놀랐다. 그리고 대화의 주제가 모함메드의 일본어 실력으로 바뀌었다. 일본어 질문이 오고 답변이 나갔다. 질문과 응답이 있고, 다시 새로운 질문이 이어지는 데까지는 어느 정도 시간이 필요했다. 많은 말이 오가지는 않았지만 꽤 많은 시간이 흘렀다.

대화 도중 호잣과 모함메드는 일본인들이 종교가 없다는 말에 놀랐다. 반면 일본인들은 종교를 왜 꼭 가져야 하는지에 대해서 반문했다. 서로에게는 너무나도 당연한 생각의 습관이어서인지 대화는 공회전만 하고 있었다.

그러던 중, 터키에서 서너 명 가량의 손님이 모함메드 가게를 찾았다. 호잣이 데려온 손님과는 다르게 먼저 차이를 내놓으라며 너스레를 떨면서 카펫을 이것저것 들춰보기 시작했다. 호잣은 모함메드가 터키어로 카펫에 대해 설명하는 것을 듣고 자신이 데려온 손님들에게 일본어로 설명해 주었다.

"이 카펫은 유목민이 만든 카펫입니다. 그래서 마을에서 만든 것보다는 저렴합니다. 뒷면을 좀 보십시오. 앞면과 비교했을 때 어긋나는 무늬가 하나도 없습니다. 그만큼 꼼꼼히 잘 만들어진 카펫입니다. 카펫의 가장자리는 거친 낙타 털로 마무리하였습니다. 그래서 안감은 이렇게 부드럽지만 가장자리로 울이 새는 일 없는 견고한 카펫입니다."

터키인들은 카펫은 들춰보고 만져보더니 만족스러운 표정을 지었다. 그리곤 이것도 저것도 자신의 앞에 펼쳐 보이라며 모함메드에게 지시했다. 예닐곱 장의 카펫이 모함메드 무릎 위에 펼쳐지고 그만큼의 설명이 터키인에게도 일본인에게도 전해졌다. 마지막으로 터키인은,

"당신이 가장 아끼는 카펫을 가져와 보시오."

호잣은 살 것 같지도 않은데 이것저것 시키기만 하는 터키 여행객들이 괜스레 얄미워졌다. 그러나 아무런 표정 변화 없이 모함메드는 무릎 위 카펫들을 옆으로 치워놓고 가게 2층으로 올라갔다. 잠시 뒤 작게 말린 조그만 카펫 하나를 들고 내려왔다. 한 사람 앉기에도 버거워 보이는 작은 크기의 카펫이 모함메드의 품 안에서 펼쳐졌다. 붉은 장미 빛깔의 카펫 위로 여기저기로 수많은 무늬들이 각자 색을 띠고 있었다. 모함메드는 경건히 그 카펫 앞에 무릎 꿇고 앉아 설명을 시작했다.

"이 카펫은 기도 카펫입니다. 대부분 카펫은 기본적으로 기도하는 카펫이지만 식사나 잠자리, 기도, 일상생활 모든 곳에서 쓰입니다. 그러나 이 카펫은 좀 특별합니다. 오직 기도할 때만 사용하는 카펫입니다. 여기 중간에 움푹 패인 자국은 이 카펫을 쓰던 사람들이 기도하던 무릎 자국입니다. 그리고 이 윗부분 노란색으로 손 모양으로 새겨진 무늬는 기도를 올릴 때 두 손을 올리

는 자리입니다. 특별히 이 부분은 샤프란으로 물들인 양털을 사용하였습니다."

설명을 마치자 터키인은 기도용 카펫에서 눈을 돌리고 이것저것을 더 들춰보더니 처음 설명을 들었던 가장자리가 낙타 털로 마무리된 카펫을 사갔다. 그런데 호잣의 손님 중 한 남자가 모함메드에게 조심스레 물었다.

"그 기도용 카펫은 얼만가요?"

모함메드는 뜻밖이라는 듯이 웃으며,

"이 카펫은 팔지는 않습니다만 당신이 사신다면 내가 삼 백 불에 드리지요."

호잣의 손님들은 놀랐다. 가장 아낀다고 하는 카펫은 앞서 소개한 카펫의 가격의 삼 할 정도밖에는 되지 않았기 때문이다. 모함메드는 말을 이어,

"그런데 당신은 이 카펫을 왜 살려고 하는 건가요? 사용하기 편한 카펫도 아니고, 무늬가 정교한 카펫도 아닌데, 나도 이것을 아끼기는 하지만 종교도 없는 당신네들이 사갈 이유는 없을 텐데요."

가격을 물어본 사내는 두 입술을 포개며 지갑을 열고 그 자리에서 바로 카펫을 샀다.

"수많은 사람들이 기도를 올린 카펫이지요?' 그것을 돈으로라도 살 수 있다면 나름 의미 있는 일 아닐까요?"

"기도는 돈으로 살 수 있는 것은 아니지요."

카펫을 받아 든 남자는 모하메드의 말에 대답했다.

"신이 없어도 기도는 해요."

생각이 다르더라도 모함메드와 일본인 남자는 서로 원하는 결과를 얻었다. 모함메드는 카펫을 팔았고, 일본인 남자는 원하는 카펫을 샀다. 그리고 거래를 넘어서는 무언가를 나눠 가졌다. 일본인은 카펫의 패인 자국 위에 무릎을 꿇고 두 손을 샤프란으로 수놓아진 손모양의 무늬 위에 올려놓았다. 아무도 그에게 어느 신에게 기도를 올린 것인지, 어떤 기도를 할 것인지를 묻지 않았다. 그는 손 모양 무늬에서 손을 떼어 카펫의 무늬 하나하나를 세밀하게 살펴보았다. 그 카펫 위에 새겨진 무늬는 하늘과 땅, 그리고 사람이었다.

모두를 위한 자메 모스크

호잣은 오후 두 시쯤 일을 마치고 이맘 광장을 가로질러 집으로 향하고 있었다. 그때 쉐이크 롯폴라 모스크 앞에 여행자 세 명이 모여 있었다. 동양인으로 보이는 그들은 한국인이거나 중국인 아니면 일본인이었다. 그들은 감탄을 내뱉으며 쉐이크 롯폴라 모스크에 대해서 이야기하고 있었다. 레자로부터 틈틈이 일본어 과외를 받은 호잣은 그들의 대화가 일본어로 이뤄져 어느 정도 알아들을 수 있었다.

"건축물은 단순히 기능이나 구조만이 중요한 게 아니야. 도대체 옛날 사람들이 더 대단하단 말이야. 건축물 하나에도 혼을 담어…"

"그래, 천장 봤어? 공작이 꼬리를 펼친 것처럼 뻗은 그 무늬와 모양은 철저하게 계산된 거야."

"철저한 계산도 되어 있었지. 꼬리와 몸통은 정확히 메카 쪽을 향하잖아. 그래서 들어갈 때 입구 쪽 길이 약간 구불거리면서 휘어 있었던 거야. 문에 들어서는 순간 정확히 메카를 향하도록 말이야."

호잣은 그들에게 다가갔다. 그리고 일본말로 인사를 건넸다.

"살람! 환영합니다. 여행자들이신가요?"

"네 반갑습니다."

"쉐이크 롯폴라 모스크는 어땠나요?"

"뭐라 말로 표현할 수가 없어요. 어쩜 이렇게 대단한지…."

"얼핏 대화를 엿들었는데, 모든 건축물 특히나 예배 공간에는 더 많은 의미가 담겨 있죠. 괜찮으시다면 제가 다른 모스크 하나를 더 보여드려도 괜찮을까요?"

그들은 호잣을 경계하였다. 안내를 한다는 선의 뒤에 범죄나 금품을 요구할 수도 있을 거라는 불안이 그들을 휩쓸었다. 호잣은 이들의 태도를 이해할 수 없었다. 그리고 쉐이크 롯폴라 모스크의 경비원을 불러 자신이 이상한 사람이 아님을 확인시켜 줬다. 그제서야 그들은 호잣에 대한 경계를 풀었다. 그들도 미안해서인지 자매 모스크로 향하는 택시 안에서 호잣에게 거듭 사과했다. 호잣도 언젠가 외국에 여행을 간다면 이렇게 될 수도 있다는 생각을 했다.

자매 모스크 입구까지는 바자르가 자리 잡고 있어서 바자르 밖 주차장에 차를 세우고 바자르 안으로 걸어 들어갔다. 미로처럼 얽힌 바자르 안의 구조로 인해 어디가 자매 모스크인지, 미나레트조차 보이질 않았다. 여행자들은 바자르 안의 걸음이 길어지자 조금씩 초조해지고 있었다. 행여나 자신들을 이상한 곳으로 데려가려는 것은 아닌지 내심 불안했다. 그들의 의심병이 다시 도진 것이다. 호잣은 이 낌새를 알아채고 서둘러 말했다.

"이제 다 왔습니다. 저기 오토바이들이 늘어선 곳 보이죠? 저곳이 입구랍니다."

그들은 고개를 끄덕이며 자매 모스크 입구를 바라봤다. 앞에는 주차장이 있고 곳곳에 차들이 주차되어 있었다. 그리고 다시 입구 양옆으로 바자르 입구가 나 있었다.

"아직 현역 모스크인가요?"

"현역? 아 물론입니다. 지금도 금요일이 되면 많은 사람들이 모여 기도를 올립니다."

"언제나 느끼는 거지만 다른 나라의 불교 절이나, 교회는 이미 그곳에 다니는 사람은 거의 없고 관광객들만 가득하거든요. 하지만 이란의 모스크는 언제나 살아 있는 것 같아요. 사람들이 다니니까요."

호잣은 단 한 번도 외국에 나가 불교의 절을 본 적이 없고 교회라곤 오루미예와 이스파한에 있는 정교회밖에는 본 적이 없어서 잘 몰랐지만 모스크에 신자가 없다는 것이 도무지 상상이 되질 않았다.

호잣은 입장료 없이 들어가고 나머지 여행자 셋은 입장료를 지불한 뒤 옆에 난 문으로 들어왔다. 자메 모스크는 정사각형의 구조로 동서남북을 향해 각각 독립된 미흐랍[12]과 미나레트를 갖고 있었다. 사방의 미흐랍들이 모두 다른 시대 다른 양식으로 지어져 네 가지의 매력을 느낄 수 있었다. 그들은 가이드북을 펼쳐 들고 자메 모스크의 설명을 읽고 있었다.

"야! 이건 1200년 동안이나 건축이 계속되고 있는 모스크야."

"이스파한 제국의 흥망성쇠를 다 담고 있는 모스크라고 하는데!"

"8세기부터 지금까지 왕조가 바뀔 때마다 자신들만의 건축 양

---

12) 미흐랍: 성지 메카를 가리키는 방향을 향해 세워져 있는 구조물로 무슬림들이 올바른 방향으로 기도할 수 있도록 인도하는 역할을 한다.

식으로 개축, 증축을 하고 있어. 총 네 곳이 있잖아. 다 다르게 생겼어."

한 노인이 수레를 끌고 자메 모스크 중앙부터 카펫을 깔기 시작했다.

"내일은 금요일이라서 기도준비를 하고 있는 거예요."

쉐이크 롯폴라 모스크에서는 공작이 날개를 펼친 곳 아래에서 기도를 올렸고 자메 모스크는 하늘 아래 카펫을 깔고 동서남북 사방으로 기도를 올렸다. 그들은 자메 모스크에 대한 설명을 그들이 들고 있는 가이드북에 의지해서 계속 읽어 나갔다.

"원래 이곳은 조로아스터교 때 예배 장소였어. 그래서 저기 봐, 저기가 원래 조로아스터교의 제단이었어, 그리고 저건 셀주크 시대 지어진 거고 저기는 도서관이야. 저기는 사파비 왕조 때 지어진 거야."

가이드북을 펼쳐 든 여행자 한 명은 설명을 모두 읽으며 사방에 난 모스크를 설명했다. 그것의 역사와 당시 시대 건축 양식까지 언급해가며 자메 모스크에 대한 설명을 늘어놓았다. 호잣은 자신이 안내해 주겠다는 말이 무색해짐을 느꼈다. 오히려 자신이 몰랐던 부분까지도 이들이 설명을 해주고 있었다. 그러나 계속 이들의 설명을 듣다 보니 무언가 빠진 설명만이 계속되고 있음을 느꼈다. 어느 정도 자메 모스크 안을 모두 둘러본 뒤 그들은 이제 나가자는 신호를 보냈다.

"호잣, 이제 다 봤으니 슬슬 나갈까요? 고마워요. 다시 이스파한 광장으로 가서 차이를 마셔요."

"이곳에 대한 설명은 모두 끝난 건가요?"

그들은 의아한 표정을 지으며 호잣을 바라보았다.

"자메 모스크에 대해서 저보다 더 많이 아시는 것에 놀랐습니다. 저도 이곳에 얽힌 역사나 건축 양식에 대해서는 잘 모르거든요. 그러나 이것 한 가지 가장 중요한 것을 말씀 드리고 싶습니다. 자메 모스크는 총 네 곳이 있죠?"

"네, 동서남북으로 각각 미나레트와 미흐랍이 시대와 양식을 달리하며 세워져 있죠."

"그것이 가지는 의미는 무엇인지 아시나요?"

"아, 의미까지는 잘 모르겠는데… 야, 거기 가이드북에 써 있니?"

"아니 없는데."

호잣은 먼저 북쪽 가리키며 말했다.

"북쪽은 왕을 위해, 서쪽은 이맘[13]을 위해, 남쪽은 수도승들을

---

13) 이맘: 아랍어로 '지도자', '모범이 되어야 할 것'을 의미하는 말이다. 통례적으로는, 이슬람교의 크고 작은 공동체를 지도하는 통솔자를 이맘이라고 부른다.

위해, 북쪽은 제자들을 위해 세워졌습니다. 결국 자메 모스크는 세워진 시대와 꾸며진 양식은 모두 달리하지만 왕, 스승, 수도승, 제자, 즉 모든 사람을 위해 세워진 곳입니다. 이것이 우리가 이해하고 있는 신이겠지요."

그들은 지금까지 부족했던 자메 모스크에 대한 설명이 비로소 완성되는 것을 느꼈다. 그리고 이스파한에 있는 모스크들이 모두 이해가 되기 시작했다. 이전에 보고 나왔던 쉐이크 롯폴라 모스크도 이들이 품고 있는 화려함도 단순히 공간 구조나 배색, 배치만의 문제가 아닌 신앙의 눈과 언어로 받아들일 때 진정한 의미를 알 수 있었다. 모든 사람을 위한 신앙으로 이 공간을 다시 보았을 때, 이곳은 모든 사람을 위해서 기도하는 집이었다.

외국으로 가고 싶은 이유

호잣이 레자와 함께 일한 지 어느덧 이 년이 지났다. 레자가 만나는 사람은 호잣도 아는 사람이었다. 가끔씩 일본에서 파견 기업인이나 지방자치 관련 공무원들이 오게 되면 레자는 통역으로 동석했었는데, 이제는 그 옆에 항상 호잣도 있었다.

레자는 호잣을 소개하는 데 주저하지 않았고, 호잣 또한 사소한 만남이라도 놓치지 않기 위해 최선을 다했다. 주요 업무와 만찬자리에서는 레자 씨가 통역을 맡았지만 주요 일정이 끝난 뒤 이스파한 관광이나 간단한 모임의 안내는 호잣이 했다.

이런 만남은 호잣에게 일본에 갈 수 있을 것이라는 희망을 불러일으켰다. 이렇게 하다 보면 언젠가는 가게 되리라는 부푼 가슴을 안고 매일 밤 잠에 들었다.

　이스파한 광장 서쪽 벽면 너머로 붉게 타는 해가 떨어지자 아잔 소리가 울렸다. 초승달이 어느덧 미나레트 꼭대기에 걸려 있었다. 레자는 호잣을 불렀다. 웃음과 자상함으로 대하던 평소 때의 모습과는 달리 엄숙하지만 차가운 모습의 레자가 호잣을 카펫 위에 앉혔다. 카펫 옆 단상에는 일본에서의 생활이 담긴 사진들과 아기자기한 기념품들이 놓여 있었다. 레자의 아내가 제철 과일을 한가득 접시에 담아 호잣 앞에 내놓았다. 그리고 이미 레자가 호잣에게 할 말을 아는지 멜리나와 함께 방으로 들어갔다.

　호잣은 단상 위 사진들과 기념품들을 바라보았다.

　"호잣, 너의 마음을 잘 알고 있어서 더 미안하다."

　"뭐가요? 전 덕분에 이곳 이스파한에 와서 부족함 없이 지냈답니다."

　"나도 널 동생이라 생각하고 내 모든 걸 너에게 전해주고 싶었다."

　"언제나 감사하게 생각하고 있습니다."

　"일본에 가고 싶지?"

　대답이 너무나도 당연한 질문 앞에 호잣은 불길한 예감이 들었다.

"갈 수만 있다면, 갈 수만 있다면 가보고 싶습니다."

"왜 가고 싶은 거지?"

"가서 일을 해야죠. 돈을 벌어야죠. 아시다시피 사장님도 일본에서 돈 벌어서 지금 이렇게 살고 계시잖아요."

"일은 여기서도 하고 있고, 비록 일본만큼은 아니지만 너에게 섭섭하지 않게 주고 있지 않니?"

"무슨 말씀이신 거죠? 아시다시피 저뿐만이 아니라 제 또래 친구들은 모두 이란을 떠나고 싶어 해요. 비록 일본은 아니더라도 미국, 아랍, 터키까지 안 가는 데가 없다구요."

"지금 이란은 너희들에게 아무것도 해줄 수가 없구나. 더 나은 내일보다는 신에게 기도하라고 주입시키고 있지."

"그게 문제에요. 왜 이렇게 된 거죠? 미국이랑 사이만 좋았다면 전쟁도 없었을 거고, 이 가난도 없었을 것 아니에요!"

"그래, 그랬을 줄 모르지."

"지금 저를 일본으로 보내지 않으시려는 것 같은데, 왜죠? 무슨 일이죠?"

차분했던 호잣은 다급하게 레자를 다그치기 시작했다.

"왜인 거죠? 말씀해 주세요."

레자는 입을 떼기가 어려웠다. 호잣의 희망을 짓밟는 것은 동시에 자신의 청춘 또한 포기하게 되는 것이었다. 호잣의 다그침에 더 이상 견디기 어려워 레자는 조심스레 입을 떼었다.

"호잣, 나도 네가 꿈꾸는 바를 이뤘으면 좋겠다. 하지만 꿈은 꿈이고 엄연히 현실이라는 것도 있지 않겠니?"

"제게 닥친 현실은 일본에 가서 돈을 벌어야 하는 것이고, 제 꿈은 이란을 떠나지 않고도 잘 사는 나라가 되는 거예요. 외국에는 일하러 가는 게 아니라 여행을 가고 싶어요. 저도 외국에 일하러 가고 싶지 않아요. 그런데 가난 때문에 떠났던 사람들이 있잖아요. 저도 그렇단 말이에요. 제가 잘살면 둘 째 누나를 보내지 않았어도 되었다구요."

레자는 호잣의 대답에 살짝 당황했다. 레자의 눈에 호잣은 일본으로 가면 뭔가 생길 것 같은 환상에 빠졌다고 생각했다. 단순히 이란에서 벗어나겠다는 것이 호잣의 꿈이라고 여겼다. 하지만 호잣은 의외의 말을 건넸다. 그 말에 레자는 호잣이 일본에 갈 수 없는 이유를 설명했다.

"그래 네 생각이 그렇다면 이유를 말할 수 있겠구나. 일본 정부가 더 이상 이란 사람들에게 비자를 내주지 않기로 했다. 관광비자조차도 보증인 없이는 발급조차도 안 돼. 나도 내 친구들을 만나러 가는 게 힘들어졌어."

호잣은 한동안 멍하니 카펫 위에 놓인 과일만 물끄러미 쳐다보고 있었다. 실망한 것인지 낙담한 것인지 아니면 정신이 나간 것인지 알 수 없는 표정으로 긴 침묵을 껌뻑이고 있었다.

호잣은 울기 시작했다. 희망이 사라져서, 실망해서, 가족들에게 미안해서, 부끄러워서, 자신이 준비해온 이 시간이 아까워서 흘린 눈물이었을까? 눈물은 때론 이유 없이 흐를 때도 있다. 그런 눈물은 흘리는 것이 아니라, 누군가 주신 눈물이다. 지금 흘린 이 눈물은 호잣의 눈물이 아니라, 누군가 흘려야 할 눈물을 호잣이 대신해서 흘린 눈물이었다.

레자의 눈물은 의외로 그 발원지를 찾아낼 수 있었다. 미안하고 안타까워서, 해줄 수 없는 자기 자신이 미워서, 헛된 꿈을 괜히 심어줘서 상처받게 했다는 죄책감이 발원지였다. 두 남자는 기도용 카펫을 눈물로 적셨다. 레자는 사람다운 눈물로, 호잣은 알 수 없는 눈물로 붉은 카펫을 더욱 짙게 물들였다.

호잣은 레자의 집을 나와 이맘 광장으로 향했다. 아련한 주황색 조명이 세상의 반을 비추고 있었다. 호잣의 눈물로 투과되는 세상의 반은 물방울 모양의 빛을 갈라내고 있었다. 호잣은 세상의 반을 빠져나와 하주 다리를 향했다.

  꽤 먼 거리를 걸어갔다. 걷는 내내 눈물은 멈추질 않았다. 눈이 붓거나 아파오지는 않았다. 사소한 잡념이 조금이라도 떠오르면 그 잡념은 그대로 눈물의 씨앗이 되어 다시 한참 동안 눈물을 흘려야만 했다.

  하주 다리에 이르자 호잣은 노천카페가 서 있는 다리 기둥 아래 걸터앉았다. 강물은 아무 말 없이 호잣의 눈물을 받아주고 있었다. 눈물이 고여 하주 다리를 비췄다. 눈물로 바라보는 세상은 평소 때와는 다른 모습을 하고 있었다. 눈물을 통해 세상을 보자 강물 위에 비춰진 하주 다리 위로 둘째 누나가 건너가고 있었다. 둘째 누나가 지나가자 마리나가 건너갔다. 단 한 번도 국경을 넘어본 적 없는 호잣은 국경을 넘어 떠난 여인들의 모습을 바라보았다. 그들이 지나간 자리엔 일본에 가지 못함에 대한 안타까움과 안도감이 오고 갔다.

  호잣은 자신의 마음이 무엇인지도 모른 채 멍하니 강물만 바라봤다. 어느 순간 다리 기둥 사이를 가르던 강물이 잠잠해졌다. 물결치던 강물이 출렁임을 멈추고 거울처럼 하주 다리를 있는 그대로 비춰냈다. 한순간 밤빛에 까만 강물이 하얗게 환해지더니 소금으로 바뀌었다.

밤하늘은 새까맣던 어둠을 벗겨내고 새파란 하늘로 옷을 갈아입었다. 그리곤 하주 다리가 깨끗한 물을 소금 위로 흘려보냈다. 호잣의 눈앞에서 하늘과 땅의 경계가 무너졌다. 꿈과 현실의 경계가 무너지고, 희망과 절망 앞에 오루미에 호수가 나타났다. 그리고 오루미에 호수는 더 많은 경계를 부수기 위해 더 많은 눈물을 끌어모았다.

묘비에 박힌 사진

레자는 호잣에게 시간이 되면 먼저 이란-이라크 전쟁[14] 전사
자 묘지를 가보라고 했다. 레자가 힘들거나 마음이 약해질 때면
항상 찾는 곳이 이곳이었다. 이란 사람들만 가는 곳, 꺼내고 싶
지 않은 기억이 날마다 살아나는 곳이었다.

호잣은 이스파한 시내 중심에서 꽤 떨어진 곳까지 버스와 택
시를 번갈아 타고 갔다. 택시의 차창 너머로 시내의 모습이 아지
랑이 속으로 일렁이며 보이기 시작할 때 택시는 멈춰 섰다. 호잣

---

14) 이란-이라크 전쟁: 1980년 9월 22일 이라크의 사담 후세인이 이란을 침공
하면서 발생하였다. 군사행동의 주 목표는 샤트알아랍 강의 획득 및 이란
의 혁명 정권의 타도였다. 이라크는 선전포고 없이 공격했지만, 그들은 전
쟁을 진척시키지 못하고 이란에게 격퇴당한다. 1988년 8월 20일까지 백만
여 명의 사상자를 냈다. 사담 후세인의 배후에는 미국이 있었다.

을 떨어뜨린 뒤 택시는 그 자리에서 바로 유턴하여 시내로 들어
갔다. 왕래하는 자동차는 극히 드물었다.

신호나 횡단보도 없이 도로 사이를 가로질러서 전쟁묘지 입구
에 들어섰다. 도착한 전쟁 전사자 묘지 앞에는 당시 전황에 대한
설명과 전쟁에 대한 개요가 적힌 기념비가 서 있었다. 그리고 그
뒤로 같은 높이의 묘비들이 끝도 없이 펼쳐져 있었다. 그리고 각
묘비 하나하나마다 웃는 얼굴을 하고 있는 사람들의 사진이 박
혀 있었다.

전쟁은 이란혁명[15] 이후 혼란스러운 이란 사람들의 처지를 더
욱 더 궁지로 몰아갔다. 젊은 청년들은 나라를 위해 자신의 목
숨을 바쳐야만 했다. 이라크인들과 싸우는 것이지만 그 뒤에는
미국과의 전쟁이었다. 목숨을 바친 이들에 대한 보상은 살아있
는 자들의 몫이었다. 어머니의 통곡이, 아버지의 한숨이, 친구의
절규가 살아남은 자들에 대한 전쟁의 보상이었다. 주변국들의
외면은 이들 가슴에 훈장을 새겨 넣었다. 울고 싶어도 눈물조차
나오지 않은 침묵만이 묘비 곳곳에 새겨져 있었다. 사진으로만
남은 당시 어린 병사들의 해맑은 미소는 뜨거운 햇빛으로 점점

---

15) 이란혁명: 1979년 이란에서 발생한 혁명으로, 그 결과 친미 성향의 입헌
군주제인 팔라비 왕조가 무너지고 이슬람 종교 지도자가 최고 권력을 가
진 정치체제로 변화했다.

빛이 바래가고 있었다. 바래져 가는 사진 앞으론 싱싱한 꽃들이 뜨거운 페르시아의 태양에도 마르지 않은 채 놓여 있었다.

묘비에 박힌 사진은 어린 모습으로 남아 있었다. 군복과 총보 다는 해맑은 웃음으로 공을 차는 게 더 어울릴 것 같은 모습으 로 말이다. 앳된 소년은 전사자의 명단에 올라 있었다. 수염 자 국도 없는 아이의 얼굴이 호잣을 보며 웃고 있었다. 호잣의 기억 속에 있는 둘째 누나도 마리나도 이 사진과 같았다. 분명 시간이 흘러 얼굴도 몸도 생각도 바뀌었다는 것을 알고는 있지만 만날 수 없는 한, 사진 속의 모습 그리고 기억 속의 모습 그대로였다.

호잣은 계속 묘비 사이를 걸었다. 그러자 당시 전황을 보여주 는 커다란 지도가 걸려 있었다. 그리고 묘비에 박힌 사진의 얼굴 들이 살아나 이 지도 위에서 절규하는 모습이 떠올랐다. 그곳에 는 백전노장의 굵은 함성과 지휘로 일사분란하게 전투를 치르고 승전가를 부르는 모습 따위는 없었다. 공포에 눈물을 흘리고 절 규를 하여도 그 소리조차 포탄과 총성에 묻혀 아무도 듣지 않는 고독한 전장 한복판에서 어쩔 수 없이 방아쇠를 당기며 살기 위 해 몸부림을 치는 모습이었다. 신도, 나라도, 가족도, 아무도 이 들을 구하지 못했다. 죽고 나서야 신의 이름을 부르고, 나라에 회의를 품고, 가족은 통곡했다. 묘비에 걸린 사진은 하나같이 모두 웃는 얼굴이었다. 그리고 그 아래로는 어느 전장에서 어떻게 전사하였는지 기록되어 있었다.

호잣은 한 묘비 앞에서 멈춰 섰다. 아버지로 보이는 사내 양옆에 비슷한 또래의 아이 둘이 서 있었다. 모두 똑같은 군복을 입고 있었다. 같은 날 아들은 아비를 묻고, 아비는 아들을 묻었다. 가족사진이 그대로 영정사진이 되어 버렸다. 여성의 얼굴도 곳곳에 보였다. 한 군인으로서 싸운 여성도 있었지만 한 아이의 어머니로서, 한 사람의 아내로서 싸운 여성들도 있었다. 군인은 아니었지만 총을 들었고, 훈련은 받지 않았지만 많은 전투에 뛰어들었다. 수많은 이유와 이야기들이 묘비에 있었다. 죽음 앞에 호잣은 아무런 말을 할 수가 없었다. 정말 죽음 앞에서 아무런 말도 할 수 없었다.

3부
오구미예에서 온 소식

호잣은 다음날 아무렇지 않게 레자네 집으로 출근했다. 아무렇지 않은 호잣의 모습에 레자는 더욱 미안해했다.

"살람, 걱정마요. 저는 이스파한에서의 생활이 참 좋아요."

"그렇게 생각해준다면 내가 고맙다. 외국에서 일하지 않더라도 이곳에서 잘 사는 방법을 함께 찾아보자."

호잣은 다시 가까스로 이스파한에서의 일상으로 돌아왔지만 하루에도 몇 번씩 설움과 미련이 복받치기를 반복했다. 최대한 아무렇지 않아 보이려고 애썼다. 그 모습을 레자는 알고 있었다. 레자는 호잣을 위해 어떤 말도 해줄 수가 없었다.

"호잣, 호잣!"

며칠이 지나고 레자가 호잣을 불렀다. 평소와는 다르게 다급

했다. 다급해진 레자를 따라 이스파한의 태양도 서둘러 서쪽으로 넘어가고 있었다.

"왜 그러세요?"

"놀라지 말고 들어, 삼촌에게서 전화가 왔는데…."

"네 무슨 일이에요?"

"놀라지 말고 들어."

"아 어서 말씀하세요."

"놀라지 말고 들어. 아버지가 돌아가셨다."

호잣은 하숙집으로 돌아가 서둘러 짐을 챙겼다. 작은 가방 안에 옷가지를 대충 챙겨 넣었다. 이스파한에서 오루미예로 바로 가는 버스는 없기 때문에 호잣은 테헤란으로 먼저 간 뒤 거기서 다시 오루미예행 버스를 갈아타야만 했다. 지금부터 열심히 간다고 해도 최소 서른 시간은 족히 걸릴 거리였다.

레자는 호잣을 이스파한 터미널까지 데려다 주었다. 그리고 손에 이맘 호메이니가 그려진 십 만 리알 지폐뭉치를 쥐어줬다. 호잣은 레자의 호의를 거절할 만큼의 정신이 없었다. 레자의 아내와 사랑스러운 딸 멜리나까지 따라왔다. 호잣이 언젠가 멜리나를 다시 볼 수 있다면 그때는 아마 히잡을 쓴 여인의 모습일 것이라고 생각했다.

밤 9시에 출발 예정이던 버스는 한 시간 가량 늦어진 10시가 되어서야 테헤란으로 향했다. 어떻게 떠나왔는지도 모르게 호잣은 이스파한을 빠져나왔다. 레자의 가족이 신의 축복을 빌며 호잣을 떠나보냈다. 수많은 가족들이 차창 밖으로 포옹과 키스 축복을 이별에 담아 나누고 있었다.

호잣은 눈을 감고 하주 다리에 작별 인사를 건넸다. 선명한 영상으로 남아있는 하주 다리는 달빛과 텅스텐 전구 빛에 물들고 있었다. 하주 다리 아래에서 어느 여인의 노랫소리가 들려왔다. 둘째 누나인 것 같기도 하고, 마리나인 것 같기도 했다.

만남은 하주 다리 위에서 헤어짐은 하주 다리 밑에서
고통에는 위아래가 없고 강물만 흘러갈 뿐이네
어두운 밤 하주 다리를 지키는 사자의 눈빛은 꺼지지 않는다네
산 자도 죽은 자도 모두 하주 다리 위에서 만나리

호잣의 눈에만 보이는 하주 다리, 호잣의 귀에만 들리는 노랫가락은 호잣을 이맘 광장으로 이끌고 갔다. 이맘 모스크의 지붕이 두 미나레트 사이로 사파이어빛 모자이크를 드러냈다. 사람들은 이곳에서 일과 쉼, 가난과 부유, 성과 속, 삶과 죽음을 쏟아

냈다. 버스가 이스파한에서 멀어질 때마다 모든 것들은 희미한 그림자로 번져갔다.

싸늘한 새벽이 되었다. 살 곳곳에 스며드는 싸늘한 어둠만이 버스가 아직 달리고 있다는 것을 알려주었다. 달리던 버스가 갑자기 멈춰 섰다. 갑자기 손전등 불빛이 사람들 얼굴 하나하나씩을 비추며 버스 안을 뒤지기 시작했다. 그리고 밀고 들어온 군인들이 버스 안 승객들을 바깥으로 쫓아내기 시작했다.

가까스로 잠들었던 호잣은 얼떨결에 옆자리 승객에게 이끌려 밖으로 나갔다. 싸늘한 한기가 호잣의 정신을 번쩍 들게 했다. 정신을 차려보니 네다섯 명의 군인들이 총을 들고 버스를 수색하기 시작했다. 승객들은 싸늘한 새벽 광야의 추위에 못 이겨 서로 바짝 붙어 있었다. 호잣도 옆자리에 앉았던 승객 옆에 살갗을 맞대고 붙어 있었다. 그 뒤로 갓 히잡을 쓴 소녀가 어머니의 다리춤에 안겨 두려움에 찬 눈으로 호잣을 바라보았다. 호잣은 추위에 떨던 몸을 잠시 멈추고 소녀에게 말을 건넸다.

"놀라지 마 잠시 검문을 하는 것뿐이야."

소녀는 큰 눈망울로 호잣을 바라보다가 얼굴을 어머니의 가랑이 사이에 파묻었다. 어머니는 딸의 머리를 쓰다듬고 호잣을 바라보며 눈빛으로 고마움을 전했다. 그때 커다란 세퍼트 한 마리가 군인의 손에 이끌려 버스 안으로 뛰쳐 들어갔다. 잠시 후 세퍼트가 나오더니 버스 주변을 돌며 이곳저곳에 코를 대며 냄새를 맡기 시작했다. 그리고 고참으로 보이는 병사 하나가 들여보내도 좋다는 사인을 보내고, 승객들은 모두 버스 안으로 올랐다.

잠깐의 검문으로 버스 안 공기는 바깥 공기처럼 차가워져 있었다. 털썩 주저앉은 버스 좌석은 얼음을 올려놓은 듯 차가웠다. 다시 버스에 시동이 걸렸다. 호잣은 추위로 인해 한동안 잠들지 못했다. 밤새 광야의 추위와 싸우다가 아침 해가 떠올랐고 추위를 녹일 때 즈음 호잣은 잠이 들었다. 다시 따스했던 아침 해가 따갑게 바뀌어 비지땀을 흘릴 때쯤 호잣은 잠에서 깼다. 그리고 테헤란에 도착했다.

아버지, 다시 오루미예로

호잣이 테헤란에 도착한 때는 6월의 뜨거운 해가 내리쬐는 한 낮이었다. 밤새 달리던 버스는 어느덧 화덕처럼 뜨거워진 상태였다. 모두들 가만히 앉아서 꾸역꾸역 땀만 흘리고 있었다. 특히 여성들이 고생이 많았다.

호잣은 땀으로 젖은 몸을 이끌고 서둘러 오루미예행 표를 사러 갔다. 버스 시간을 확인해보니 서너 시간 가량을 터미널에서 보내야 했다. 터미널 밖으로 나오니 이란혁명을 기념하는 거대한 철탑만이 덩그러니 놓여 있었다.

호잣은 그제서야 자신이 굶주린 상태라는 것을 깨달았다. 테헤란에서 택시운전을 할 때 자주 가던 식당으로 발걸음을 옮겼다. 식당 주인은 호잣을 알아보지 못했다. 호잣도 아는 체하고 싶지 않았다.

늘 먹던 가지 스프와 난을 주문한 뒤 호잣은 천장 구석에 놓여 있는 텔레비전을 보았다. 텔레비전에서는 연일 이란혁명의 영웅 아야톨라 루홀라 호메이니[16]의 죽음을 기념하는 보도가 줄지었다. 그의 생애, 그의 혁명, 그의 가르침까지 이맘 호메이니와 연관된 것이라면 모든 것이 회자되었다.

테헤란의 모든 전파는 호메이니의 삶과 죽음으로 가득했다. 호잣은 난을 갓 나온 가지스프에 적셔서 입에 넣었다. 그리고 나서 처음으로 아버지를 생각하며 눈물을 흘렸다. 울고 있는 호잣 주변에는 호메이니의 죽음을 기억하는 전파들로 가득했다.

호잣은 가장 먼저 오루미예행 버스에 올랐다. 자기 혼자 버스에 일찍 오른다고 해서 먼저 출발할 버스는 아니지만 조금이라도 빨리 앉아서 기다리면 오루미예에 한시라도 빨리 도착할 것만 같았다. 그러나 버스는 표에 적힌 시간보다 한 시간 늦게 출발했다.

---

16) 아야톨라 루홀라 호메이니: 이란의 시아파이며 이란의 샤 모하마드 레자 팔레비를 몰아낸 1979년의 이란 이슬람 혁명의 정치 지도자이자 종교 지도자이다.

서른여섯 시간 동안 버스를 탄 호잣은 오루미예 터미널에 도착하자마자 택시를 타고 집으로 향했다. 집 앞에서는 여인들의 우는 소리가 새어나왔다. 호잣은 서둘러 안으로 들어갔다.

"엄마. 아버지는요. 아버지는요?"

"호잣, 호잣."

어머니는 호잣의 이름만 내뱉으며 호잣의 품에 안겨 주저앉고 말았다. 셋째 누나가 다가와 호잣을 안으며 울기 시작했다.

"호잣, 왜 이제 왔어. 아버지가 널 얼마나 찾았는데. 왜 이제 왔어."

"호잣, 아버지가 너에게 하고 싶은 말이 있다고 계속해서 너만 찾았어."

어머니와 셋째 누나는 무언가 호잣에게 말을 하지만 울음 때문에 무슨 말인지 알아들을 수 없었다. 호잣은 울고 있는 어머니와 셋째 누나 카말을 달랬다. 그리고 혼자서 묵묵히 낮은 관 안에 누워 있는 아버지와 마주했다. 6월의 햇살이 뜨겁게 내리쬐는 날씨였지만, 아버지의 손과 얼굴은 차가웠다. 그리고 차가워진 입술 위에 자신의 귀를 가져다대었다. 아무런 소리도 들을 수 없었다.

"어쩌다가 돌아가신 거야?"

어머니는 아무런 말을 못하고 울기만 했다. 호잣은 고개를 돌려 셋째 누나에게 물었다.

"어떻게 된 거냐고!"

카말도 고개만 가로로 저으며 울기만 했다. 호잣은 아는 것이 아무것도 없었다. 모두 자신만 빼놓고 무언가를 숨기고 있다는 낌새는 챘지만 먼저 아버지의 장례식을 치르는 것이 우선이었다. 조금 있다가 첫째 누나 다비야가 남편 아밀과 함께 방으로 들어왔다. 죽은 이 곁으로 한 사람씩 모일 때마다 슬픔은 커져갔다.

며칠 뒤 거행된 장례식이 어떻게 진행되었는지 호잣은 도무지 기억해 낼 수 없었다. 많은 사람들의 울음소리 사이로 코란의 경구가 계속 새어나오며 아버지의 마지막 길은 대단히 소란스러웠다.

어머니는 장례식이 끝나고 안방에 들어가지 못했다. 수십 년을 함께 써오던 낮은 침대를 무서워했다. 어머니는 거실에서 셋째 누나와 함께 지쳐 잠들 때까지 텔레비전을 봤다.

죽음의 예식으로 소란스러웠던 오루미예는 다시 제자리로 돌아왔다. 호잣은 어머니에게 물었다.

"아버지가 뭐라고 하셨어요."

어머니는 아버지라는 말만 들어도 눈물을 흘리기 시작했다. 호잣은 어머니가 다 울 때까지 기다렸다.

"아버지가 너에게 꼭 할 말이 있다고, 그렇게 너를 찾았는데."

"그러니깐 그게 뭐냐구요."

어머니는 가방에서 조그마한 종이로 된 약봉투를 꺼냈다. 약봉투 앞면에는 아버지의 이름과 병명이 적혀 있었다. 뒷면에는 초록색 사인펜으로 '호잣, 미안해.'라는 한마디 말만이 적혀 있었다. 뭐가 그렇게 급했던 건지, 제대로 종이 위에 적힌 것도 아니고, 유서도 아닌, 종이 약봉투 뒷면에 단 한마디 '호잣, 미안해.'라고 적혀 있었다.

호잣은 이 약봉투를 받아든 순간 무너졌다. 이날 오루미예의 밤을 알리는 아잔 소리는 한 남자의 곡소리 때문에 들을 수가 없었다.

아무것도 모르고,
아무것도 할 수 없다

  호잣은 아버지가 하고 싶었던 말이 무엇인지 너무나 알고 싶었
다. 그러나 더 이상 물을 수 없었다. 호잣은 상상에 의지해서 괴
로운 기억을 끄집어 낼 수밖에 없었다. 친구들이 찾아와 호잣을
불러냈다. 바자르 한쪽에 양고기 집으로 불러내 터키에서 몰래
들여온 술을 마셨다. 호잣은 이때 술을 처음 마셔봤다. 처음에
쓰기만 했던 것이 어느덧 몸의 일부가 되었다.

  "터키 녀석들은 이런 걸 매일 먹을 수 있다고 하지?"

  "라마단이니 이런 것도 없어, 걔네들은!"

  호잣의 친구들은 애써 아버지 이야기를 하지 않았다. 아버지
와 관련된 이야기, 아버지라는 낱말이 들어가는 이야기는 꺼내

지를 않았다. 호잣을 위해서 애써 아버지의 죽음을 지우려고 했다. 호잣은 가슴 속에서 가득히 차오르는 한마디가 너무 내뱉고 싶었다. 모두들 아버지의 죽음을 지우려고 애쓰는 가운데 호잣은 아버지를 향해서 간절하게 소리치고 싶은 말이 있었다. 호잣은 자리를 박차고 크게 소리치기 시작했다.

"아버지가 뭐가 미안해! 왜 아버지가 미안하냐고! 내가, 내가 더 미안하다고. 왜 난 아버지의 마지막 순간에 없었냐고! 내가 더 미안하다고!"

호잣의 친구들은 가만히 그의 소리를 듣고 있었다. 식당 주인도 그를 내버려두었다. 호잣은 아버지에 대해서 아무것도 알지 못했다. 아버지가 왜 미안해하는지, 무엇을 미안해하는지, 아니 아버지는 어떤 사람인지 아무것도 아는 것이 없었다. 자신에게 생명을 주고 이름을 지어주신 아버지가 어떤 사람이었는지 아무것도 모른다는 사실이 호잣을 더욱 괴롭게 했다.

죽음에는 여러 가지 절차가 필요했다. 물론 이 절차과정은 살아있는 사람들의 몫이었다. 그것을 처리하기 위해서 호잣은 주저앉을 시간이 없었다.

아버지 장례식이 있고 보름 후, 호잣은 아무것도 말하고 싶지 않았다. 음식을 먹기는 먹으나 먹다가도 아버지의 모습이 떠오르면 그 자리에서 입을 꾹 다물고 코로 크게 숨을 들이쉬었다. 그리고 먼 곳을 바라보며 생각을 환기시켰다. 매일 밤 자리에 누워 어두운 천장을 바라보면 죽은 아버지에 대한 기억이 호잣을 괴롭혔다.

기억은 뜻하지 않게 생각 어딘가에서 불쑥하고 올라오고 나서는 호잣의 가슴에 쓰라림을 남겨놓고 심박수를 올려놓고 사라지기를 반복했다. 가족들이 겪는 가난, 이로 인해 떠나야만 했던 쉬미나와 마리나, 이런 일을 반복하지 않겠다고 모든 것을 짊어지려던 호잣은 죽은 아버지의 기억 앞에서 아무것도 할 수 없이 무력하기만 했다.

기억하고 싶지 않아도 호잣의 의지와는 상관없이 기억은 호잣을 습격해왔다. 호잣의 몸부림은 너무나 초라했다. 호잣은 그때마다 대답을 들을 수 없는 질문만 던졌다. 누구라도 좋으니 호잣의 질문에 대답해줄 그 누군가를, 거짓말이라도 좋으니 대답을 들을 수 있을 때까지 호잣은 기다리고 기다리다가 가까스로 잠이 들었다. 엄습해오는 기억 앞에서 호잣은 아무것도 할 수 없었다.

호잣은 이스파한으로 돌아갔다. 호잣을 실은 버스는 왕복 일흔 시간을 달려 이스파한에 도착했다. 그리고 버스에 탔던 호잣은 서너 시간 만에 이스파한에서의 모든 자취를 정리했다. 호잣은 오루미예에서 기억과 기다림의 지난한 시간을 보내기로 했다.

4부
내가 이란으로 오기까지

서울에 살고 있던 나는 차분한 목소리로 물었다.

"도대체 이유가 뭐야?"

일본에서 삼 개월간 있다가 온 그녀는 일주일 내내 울기만 했다. 인천공항에 도착하자마자 배웅을 하러 나온 나의 얼굴을 본 순간부터 말이다. 내가 무엇이라도 조심스레 물어보면 미안하다며 울기만 했다.

"도대체 이유가 뭐야? 일본에서 무슨 일이 있었던 거야?"

"미안해."

일주일 동안 미안하단 말만 반복하던 그녀는 입을 떼었다.

"이혼하자."

연인이 헤어질 때쯤이면 여러 가지 징조가 보인다. 그리고 서서히 이별이 다가오고 있음을 서로가 느끼기 마련이다. 그런데 내가 둔해서일까. 나는 이렇게 갑작스럽게 이별을 통보 받았다. 이 헤어짐을 어떻게 해서든 부정하기 위해서, 지금까지 배워온 익혀온 지식을 쏟아냈다. 그러나 모든 대화의 시도는 눈물 앞에 가로막히고, 모든 관계회복의 노력은 '미안해'라는 말 앞에 멈춰 섰다.

다음날 일본으로 돌아간 그녀는 한 달 뒤에 다시 날 찾아왔다. 한 달 전에는 울기만 했던 그녀는 이제는 미안해하는 기색도 없이 입을 열었다.

"일본에서는 혼자서 이혼처리를 했어. 이곳에서도 정리해야 돼."

이혼 수리는 하루 만에 끝났다. 국내 부부는 삼 개월이라는 숙려기간이 필요하지만 국제결혼의 경우는 단 하루면 처리할 수 있었다. 그리고 그녀는 자신의 나라 일본으로 돌아갔다. 나는 이혼에 따르는 후속행정절차와 재산문제를 정리해야 했다. 지난한 과정이었지만 무엇보다 주변 사람들에게, 이 상황을 어떻게 말해야 할지, 어떻게 정리해야 할지 알 수가 없었다.

매일 반복되는 일상은 점점 죄여오는 올가미였다. 매일 알람소리에 눈을 뜨던 나는 억울함과 배신감에 눈을 떴다. 그렇게 억울함에 짓눌린 채 하루를 시작했다. 그러나 출근길에 오르면 사정은 달라진다. 발 디딜 틈 없는 지하철과 버스에 오르면 이별의 감정은 철저히 짓밟혔다. 사무실 자리에 앉으면 그 어떤 감정도

허용되지 않았다.

노을이 질 때면 하루의 마무리를 어떻게 맺을지를 정해야 했다. 술을 마실지. 집까지 걸어갈지. 집까지 걸어가기를 선택한 날이면 난 늘 경계선에 서 있었다. 생과 죽음의 경계에 매달려 출렁일 때마다 붉게 반짝이는 한강을 내려다봤다. 그리고 고개를 들면 새빨간 태양이 서쪽으로 지고 있었다.

몇몇 친구들에게만 이 사실을 알렸다. 나보다 친구들은 더 억울해했다. 나는 그럴 때마다 나보다 더 억울해하는 친구들을 위로했다.

"야, 울거나 욕이라도 좀 해라 임마. 네가 지금 나를 위로할 때냐? 제정신이냐?"

소리를 쳤다. 나는 그럴 때도 울지 않았다.

적당한 거리에 있는 사람에게는 잘사는 척하려고 얼마나 거짓웃음을 지었는지 모른다. 그녀 이야기가 나오면 짧게 대답한 후 서둘러 화제를 돌렸다. 이 사람들은 무엇을 잘못했기에 나의 거짓말을 들어야 하는가. 오랜 거짓말이 지속되자 나는 내 주변사람을 속이는 일이 괴로웠다. 내가 뒤집어쓴 가면이 두터워지면 두터워질수록, 거짓말이 능숙해지면 능숙해질수록 나는 뒤틀려가고 있었다. 살면서 어른들이 하지 말라는 건 해본 적도 없다.

공부를 하라고 할 땐 공부를 했고, 일을 하라고 할 땐 일을 했다. 참으라고 할 땐 참았고, 실수하지 말라고 할 땐 실수해 본 적이 없었다. 그러면서 나는 우는 법도 몰랐고, 진짜 내 마음이 무엇인지도 몰랐다.

그러던 어느 날이다. 또 다른 이별이 내게 찾아왔다. 아버지가 갑작스럽게 스스로 삶을 마쳤다. 이혼을 하고 나서 이 년도 지나지 않아서 일어난 일이었다. 난 아버지의 마지막 모습을 보지 못했다. 아버지 삶의 마지막 모습은 검시관이 찍은 사진을 통해서만 볼 수 있었다. 당신의 목소리로 나에게 말 한마디를 남기지 않았다. 잔뜩 힘이 들어간 글씨체로 '아들, 미안해.'라는 글만 남겼다. 당신 삶에서 마지막 소주를 산 영수증 뒤에다 말이다.

남에게 싫은 소리 한마디도 못하시던 분이 어떻게 자신에게 그런 일을 할 수 있었을까. 장례식은 며칠 만에 끝이 났다. 그러나 그때도 나는 가면과 위선 때문에 울지 않았다. 그래서였을까. 울수 있을 때 울어야 하는데 울지 않아서였을까. 난 지금도 여전히 장례를 치르고 있다. 영원히 대답 없는 아버지에게 날마다 물어본다. 왜 그러셨냐고, 무엇이 그렇게 힘드셨냐고, 내가 이혼해서 그런 거냐고, 날마다 물었다. 굿판을 벌이건 기도를 하건 어떻게 해서든 아버지의 답을 듣고 싶었다. 이때 나의 기도는 죽은 아버지를 향해 끊임없이 묻는 일이었다. 기억을 버팀목으로 아버지의 대답을 기다리는 일이었다. 그렇게 나는 매일같이 기다림에 지쳐서 잠들었다.

그래서 배낭을 쌌다. 어떻게든 울어보려고, 어떻게든 살아보려고, 그렇게 떠난 여행이었다. 돈도 없고, 지식도 없다. 그냥 도망쳐 나왔다. 그래야 살 것 같았다. 남들에게는 넓은 세계를 직접 경험해보러 간다고 그럴싸하게 둘러댔다.

여행은 긴 시간 동안 이어졌다. 그러면서 나는 점점 지쳐갔다. 많은 곳을 다녔지만 내 마음이 무엇인지 알 수가 없었다. 나를 울릴 단 한마디의 말을 찾지 못했다. 내가 겪고 있는 이 헤어짐을 받아들이게 할 그 어떤 말 한마디 얻지 못했다.

세계는 이미 돈이 되는 것이라면 길바닥에 돌이라도 팔 수 있는 장사꾼들이 가득한 세상이었다. 또 그런 장사꾼을 소비하는 여행이었다. 이런 세계에서 여행은 돈을 잘 쓰고 와야만 좋은 여행, 성공한 여행인 것처럼 떠들어댔다. 여행에 대해서도 이런저런 체념이 들 때 이란에 가게 되었다. 특별한 기대나 목적이 있었던 것은 아니었다.

무거운 배낭

나는 아랍에미레이트의 작은 도시 샤르자에서 비행기에 올랐다. 기대보다는 두려움이 앞선 감정으로 이란의 시라즈[17]로 향했다. 도착한 시라즈 공항은 시골의 버스 터미널보다 작고 인적이 드물었다. 비자도 없이 들어간 곳이라 입국수속을 하는 데까지 서너 시간이 넘게 걸렸다.

가까스로 입국 수속을 마치고 공항 로비에 들어섰다. 아무도 없는 공항 로비 한가운데 멀뚱히 십오 킬로그램이 넘는 배낭이 쓰러져 있었다. 미국으로부터 지속된 경제제재로 인해 이란의 경

---

17) 시라즈(Shiraz): 이란의 남서부에 위치하고 있는 다섯 번째로 인구가 밀집된 도시.

제 상황은 갈수록 나빠졌다. 그리고 이란 사람들이 힘든 것도 힘든 것이지만 그 어떤 현금인출기나 카드를 사용할 수 없는 나의 사정도 만만치 않게 힘들었다.

태양이 가장 뜨거울 때 시라즈에 도착한 나는 이곳이 어색했다. 거리엔 사람이 없고, 듬성듬성 버려진 차들이 도로 군데군데 놓여 있었다. 가끔씩 차도르를 뒤집어 쓴 할머니들 몇 명이 무리지어 거리를 다녔다. 공항 밖에는 택시가 딱 한 대만이 있었다. 흥정의 여지도 없이 택시를 타야만 했다. 이란에 대해서 내가 아는 것은 아무것도 없었다.

여행 기간이 백 일이 넘어가면서 가이드북이 쓸모 없다는 것을 알게 되었고, 인터넷 정보의 약점을 알았다. 그저 내가 시라즈에서 기억하는 단어는 단 하나였다. '호텔 니아예쉬'. 이곳에 가면 이란에 관한 모든 것을 알게 될 것이라고 어디선가 들었다. 나는 택시에 올라타 흥정할 기력도 없이 '호텔 니아예쉬'만을 거듭 말했다. 택시 운전사는 시라즈 공항을 빠져나와 그곳으로 향했다.

호텔 니아예쉬는 삼 년 전 지진으로 일부가 무너진 상태였다. 그래서인지 곳곳에서 보수공사가 한창 진행 중이었다. 그러나 니아예쉬는 보수공사의 잔해에도 여전히 그 멋을 잃지 않고 있었다. 계단 끝에서 복도 구석까지 정교한 타일이 장식되어 있었고, 안뜰에는 한여름 땡볕 아래서도 그늘이 지도록 만들어져 늘 시원했다. 특히나 곳곳에 설치된 조명은 이곳을 호텔이 아닌 할머니네 집 툇마루 같은 기분이 들게 했다. 과하지 않은 조명 빛이 아래에서 위로 향하고 있었다.

나는 배낭을 내려놓고 안뜰에 펼쳐진 카펫 위에 걸터앉았다. 그러자 많은 여행객들이 말을 걸어왔다.

"살람! 시라즈에 오신 걸 환영합니다."

나는 처음에 무엇을 팔아먹으려고 이러는지 의심이 들었다. 그러나 이곳에서 만나는 사람마다 같은 말을 했고, 그 어떤 금품이나 구매를 요구하지 않았다.

"이란에 와줘서 고마워. 널 환영해."

이런 인사가 여러 번 반복되었다. 그때에 이르러서야 나는 이란에 대한 의심과 경계를 내려놓았다.

나는 그리스도인이다. 신학을 공부했다. 신앙생활이라는 것은 태어날 때부터 했다. 이런 내가 공부를 하면 할수록, 신앙생활이라는 것을 하면 할수록 자꾸만 신은 말 속에 갇혀 있다는 생각이 들었다. 사실 신학공부라는 것도 자기만의 신을 만들어가는 과정이었다. 그러다가 결국엔 그 신을 독점하고 자신만이 유일한 신의 대리자가 되는 것이었다. 그래서 다른 사람들과 논쟁이나 경쟁을 했다. 신은 언제나 이기는 신이었다. 선과 악에 있어서 항상 선이고, 참과 거짓에 있어서 언제나 참이며, 빛과 어둠에 있어서 늘 빛이었다. 신은 언제나 나의 편에 서 있었다. 나는 이 믿음을 위해서 종교라는 것을 한 손에 꽉 움켜쥐었다. 그러나 이 손의 악력도 두 이별 앞에서는 아무짝에도 쓸모가 없었다.

배낭은 늘 무거웠다. 한 번도 써본 적 없는 것들이 배낭에 가득했다. 그래도 끙끙대며 백 일이 넘게 이 배낭을 들고 시라즈까지 왔다.

한 빛에서
많은 빛이 나온다

　다음날 나는 시라즈 시내를 돌아다녔다. 호텔에서 나서기 전
나는 한 장의 사진을 호텔 직원에게 내밀었다. 수많은 색들이 카
펫 위로 내리쬐고 있는 모스크 내부의 사진이었다. 나는 호텔 직
원에게 위치를 물었다. 호텔 직원은 나시르 알 물크 모스크에 가
려면 아침 일찍 가야 참멋을 느낄 수 있다고 하였다.

　나는 서둘러 택시에 올랐다. 택시는 십 분 가량 시내를 달리고
작은 골목 귀퉁이에 차를 세웠다. 모스크인지도 구분할 수 없을
만큼 심심한 황토색 흙벽으로 쌓인 곳이었다. 입구엔 라디오를
듣고 있는 한 여인이 입장료를 받고 있었다.

　동서남북으로 둘러쳐진 페르시아 안뜰에는 중앙에 분수를 기

점으로 수많은 코란과 무늬들이 새겨져 있었다. 페르시안 블루의 타일 위로 새하얀 문자들이 끊어질 듯 끊어지지 않고 이어지고 있었다.

입구를 지키고 있던 여인은 안뜰 구석에 있는 작은 건물을 가리켰다. 나는 작은 건물 안으로 들어갔다. 작은 문을 지나 들어선 순간 질서정연하게 장식된 색색의 유리를 뚫고 아침 햇빛이 카펫 위로 쏟아져 내렸다. 빛을 향한 인간의 동경이 만들어낸 이곳에서 내가 지금까지 꽉 움켜쥐어온 종교가 무엇인지를 생각했다. 흑과 백, 선과 악, 참과 거짓, 승리와 패배, 빛과 어둠, 내 편과 네 편, 이 모든 이분법적 사고방식은 색유리를 뚫고 쏟아지는 오만가지 빛을 받으며 서서히 녹아내렸다. 붉은빛, 푸른 빛, 노란빛, 초록빛, 검은빛까지 다양한 빛이 내 몸에 닿았다. 그러자 따뜻한 분홍빛이 되었다. 나는 흑색과 백색 사이에는 무한한 색들이 펼쳐져 있다는 것을 작게나마 느낄 수 있었다. 참과 거짓 사이에는 많은 이야기가 있다는 것을 조금이나마 알게 되었다.

나는 나시르 알 물크 모스크를 천천히 거닐었다. 그리고 이제 수많은 빛들 가운데 숨겨진 따뜻한 이야기에는 어쩌면 내가 찾고 있는 말 한마디, 나를 지탱해줄 한마디 말이 있을지도 모른다는 생각을 했다.

나시르 알 물크 모스크의 아침이 지나자 나는 시라즈 시내를 돌아다녔다. 저녁을 알리는 아잔 소리가 시라즈 시내에 울려 퍼질 때 중세시대 시인 하페즈[18]의 무덤을 향했다. 시인의 나라, 시인의 고장인 이곳 시라즈는 수많은 시인을 배출해냈다. 지금도 이곳 사람들은 시를 읽고, 외우고, 썼다. 어린아이부터 백발의 노인까지 모두 자신의 시를 하페즈의 시 아래로 적어 내려갔다.

바닥 곳곳에 시들이 새겨져 있었다. 벤치에도 있었다. 시들로 장식된 하페즈의 영묘는 거대한 공원이었다. 한쪽에서는 백발 지긋한 노인이 젊은 청년을 앉혀두고 시로 점괘를 보고 있었다. 좋아하는 여인과 잘 안 되는 모양인지, 점괘 결과가 마음에 안 드는 것인지 젊은이는 얼굴을 잔뜩 찡그리고 있었다. 노인은 다른 시를 펼쳐놓고 읊어준 다음 다른 점괘를 내줬다. 청년은 찡그렸던 얼굴을 펴고 어딘가로 서둘러 달려갔다.

하페즈의 영묘로 올라가는 계단의 양옆 끝부분은 어린이들의 미끄럼틀이었다. 아직 히잡을 두르지 않은 소녀가 내 앞으로 미끄러져 내려왔다. 나는 아무렇지 않게 소녀를 번쩍 들어 계단을

---

18) 하페즈: 14세기에 활동한 중세 페르시아의 서정 시인이다. 이란 남부의 시라즈에서 태어나 평생을 거기서 지냈다. 페르시아 문학 4대 시인(피르다우시, 사디, 루미)의 한 사람으로 꼽히며 서정시에서는 최고에 자리한다. 그의 영묘는 지금도 시라즈에 있다.

잽싸게 올라간 후 미끄럼틀 위에 올려줬다. 어디에 숨어 있었던 것인지 어린아이들이 여기저기에서 몰려와 자기도 태워달라며 조르기 시작했다.

조금 곤란해진 나에게 한 노인이 다가왔다. 환영의 인사와 포옹을 청하며 아이들을 물리쳐냈다. 그리고 주머니에서 작은 종이를 꺼내 바닥에 놓고 시 점을 보라고 했다. 나는 그 자리에 앉아 점괘를 봤다. 페르시아어로 뭐라고는 하는데 도무지 알아들을 수 없었다. 아이들이 내 주변에 둘러서서 점괘를 듣더니 깔깔대며 웃기 시작했다. 아이들이 웃으니 점괘를 봐준 노인도 깔깔대고 웃기 시작했다. 나도 점괘가 좋고 나쁨을 떠나서 깔깔대며 웃었다.

죽은 시인 하페즈는 산 자의 자리를 남겨두었다. 그리고 모두를 기다리고 있었다.

서늘한 밤이 되어서야 나는 호텔 니아예쉬로 돌아왔다. 안뜰에서 가지 스프와 이란의 대표적인 탄산음료 '잠잠'을 시켰다. 의심과 경계를 내려놓고 바라본 안뜰에는 많은 이야기들이 있었다. 꼭 이란 안에 있는 유적지나 여행과 관련된 이야기가 아니었다. 이곳에서는 자신이 살아온 이야기를 나누었다. 왜 여행을 하는지, 무엇을 하며 살아왔는지, 무엇이 걱정인지, 각자의 어려움을 버티며 살아온 솔직한 이야기들이 오고 갔다.

"한국에서 온 당신은 이름이 뭐요?"

"내 이름이 발음하기가 어려우니깐 그냥 '두'라고 불러요."

"두, 두 재밌는 이름이네요. 이란에서 두스트는 친구라는 말이에요."

쉽게 불러주기를 바라는 마음에서 '두'라고 소개했는데, 니아예쉬 안뜰에 모인 사람들은 내 이름에 '친구'라는 좋은 뜻까지 찾아주었다.

"두, 근데 두는 북쪽에 있는 코리아에서 왔어요? 남쪽에 있는 코리아에서 왔어요?"

나는 잠시 생각했다.

"음…. 지금은 남쪽에 있는 코리아에서 왔는데, 언젠가 남과 북이 나뉘지 않은 코리아에서 기차를 타고 다시 이란에 놀러올게요."

누군가는 고개를 끄덕이고 누군가는 박수를 쳤다. 그리고 대화의 주제가 종교로 넘어갔다. 가장 연장자로 보이는 이란사람이 여러 나라에서 모여든 여행자들에게 종교가 무엇인지를 물었다.

"노르웨이에서 온 그대는 종교가 뭔가요?"

"저는 행복이라고 해두죠."

"오, 그거 좋네요."

"독일에서 온 그대는 뭐에요?"

"저는 사랑하는 사람이요."

"애인 있어요?"

이 질문에 독일인 여행자는 옆에 있는 자신의 연인의 손을 꼭 잡고 가볍게 들어올렸다. 나는 부러움에 못 이겨 작은 야유를 보냈다. 그리고 조금씩 내 마음에 지난 사랑에 대한 상처에도 아랑곳하지 않고 다시 사랑할 수 있을 거라는 작은 가능성을 느꼈다. 독일인 여행자는 재미난 표정을 지으며 두 검지손가락을 들어 나를 향해 쏘았다.

"두, 그대는 종교가 무엇인가요?"

나는 나의 종교를 그리스도교라 선뜻 대답할 수 없었다. 이제 '종교가 무엇이냐'는 질문은 '내가 어떤 신을 믿느냐'의 문제가 아니라, '내가 어떻게 살아갈 것이냐'로 다가왔다. 나는 자신의 종교를 행복, 사랑하는 사람이라고 대답할 수 있는 노르웨이, 독일인 여행자들이 부러웠다.

삼십 년 가까이 살면서 배우고 익힌 지식과 기술이 곧 나의 종교였다. 경제적 가치가 있는 인간이 되기 위해 몸부림쳤다. 다른 사람을 바라볼 때도 이해타산을 앞세워 자신에게 유익한지를 따졌다. 자신의 생각만이 옳다고 고집을 부리며 논리와 교양으로 포장했다. 지금까지 많은 가면을 덮어 쓰고 있었다. 어떻게 살아 왔느냐가 자신의 종교를 나타내준다면 나의 종교는 참 별로였다. 그래서 차마 그리스도교라고 할 수 없었다. 나는 잠시 생각을 하다가 가까스로 질문에 대답을 했다.

"아직 찾는 중입니다."

나는 배낭 안에 짐을 조금 덜어냈다. 무거운 배낭으로는 나의 종교를 찾을 수 없을 것 같았다. 그리고 이스파한으로 향했다.

하주 다리에서

이스파한에 도착한 나는 매일 세상의 반 이맘 광장에 갔다. 이맘 광장의 낮과 밤은 다른 얼굴을 하고 있었다. 낮에는 찌는 태양을 피해 모두 광장 안 바자르에서 활동을 했고, 밤이 찾아오면 모두 광장 한가운데로 나와 분수와 함께 광장의 조명 빛을 즐겼다. 곳곳에 소소하게 꾸며진 화단 위로 분수가 내뿜은 물방울이 떨어졌다. 나는 매일 이란의 탄산음료 '잠잠'을 마시며 광장 곳곳을 돌아다녔다.

"잠잠 어딨어요?"

구멍가게 노인이 손가락을 가리키는 가게 바닥 한쪽에는 '잠잠'이 잔뜩 쌓여 있었다.

"아니 저거 말구요. 차가운 거요."

"차가운 건 더 비싸. 팔 천 리알이야."

보통 오천 리알이면 사던 '잠잠'이었는데, 냉장고에 보관했다는 이유로 가격을 올려 받았다. 그러나 차가운 잠잠은 삼천 리알의 값어치를 충분히 했다. 나는 만 리알 지폐를 꺼내 주인에게 건네 줬다. 그리고 거스름돈을 기다리고 있었다. 주인은 가게를 두리 번거리더니 알사탕 두 개를 나에게 쥐어줬다. 나는 다시 거스름 돈만을 멍하니 기다렸다. 그러자 주인은 뒤에 손님이 기다리고 있으니 나에게 비키라고 손짓했다. 그때서야 내가 받은 알사탕이 거스름돈인 걸 알아차렸다.

나는 잠잠을 들고 하주 다리를 향했다. 노을이 지고 있었다. 새하얀 분수는 노을빛을 머금고 하늘 위로 흩어지고 있었다. 그 아래로 연인이 지나갔다. 말끔히 셔츠를 입은 남자, 그의 팔짱을 끼고 히잡을 두른 여인이 서로의 발을 맞추며 걷고 있었다.

나는 연인의 뒤를 따라 하주 다리에 도착했다. 하주 다리는 건 기여서 자얀 강에는 물이 없었다. 그래서 다리의 밑 공간은 운동 장이 되었다. 자전거 타기를 연습하고, 공을 차는 아이들이 있었 다. 기둥 위에 살짝 걸터앉은 연인은 이런저런 이야기를 나누었다. 어린아이들은 나이를 지긋이 먹은 할아버지 무릎 아래서 이야기를 듣고 있었다. 할아버지는 정성스럽게 목소리를 가다듬고 손짓 하나하나에 신경을 쓰며 아이들에게 이야기를 나누어 주었다. 아이의 부모는 이 할아버지에게 아이를 맡겨놓고 먼발치에 앉아 서로의 어깨에 기대어 있었다.

조금 더 걷자 하주 다리 어디에선가 기타 소리가 들려왔다. 나는 그 소리를 좇았다. 거기엔 내 또래 청년이 기타를 치며 노래를 부르고 있었다. 나는 기타를 치는 청년에게 다가갔다. 먼저 인사를 건네려 하였는데 청년이 동양인인 나를 보고 깜짝 놀라며 인사를 건넸다.

"어, 주몽!"

"어, 나는 주몽이 아닌데, 저는 두에요. 한국에서 왔어요."

"오, 주몽의 나라에서 온 두!"

나는 앞으로 이란에서 인사를 '살람' 대신에 주몽이라고 해야만 할 것 같았다. 그리고 악사는 연주를 이어갔다. 나는 한동안 그의 연주와 노래를 들었다. 그리고 나도 무언가 노래를 해야만 할 것 같았다. 그의 노래에 대한 보답이라기보다는 내가 살기 위해서 해야만 할 것 같았다. 나는 그에게 함께 기타를 치며 노래를 부를 수 있겠냐고 물었다. 그는 선뜻 좋다며 자신의 기타를 내줬다. 나는 먼저 그의 기타를 빌려 노래 한 곡을 불렀다.

바람이 불어와 문득 생각해 보면
어디서 어디로 가는지 알 수가 없죠.
사람이 불어와 문득 추억해 보면
만나고 헤어지는 것 마치 바람과 같아.

그대여 그대여.

어디로 가나 어디로 가나.
어디에 숨나 어디에 숨나.

왜 만나고 헤어지는 걸까. 그녀도, 아버지도 왜 우리는 헤어져
야만 할까. 그리고 나는 왜 그 헤어짐 앞에서 솔직하지 못했을
까. 누군가를 만나고 헤어지는 것은 당연한 일이겠지만, 헤어짐
은 좀처럼 면역이 되질 않았다. 나의 힘으론 어떻게 감당할 수 없
었던 헤어짐이 새로 난 상처처럼 올라오기 시작했다. 그렁그렁
눈물이 차오를 무렵에 박수가 나왔다. 주위를 둘러보니 꽤 많은
사람들이 내 주위에 모여 있었다. 악사는 나에게 박수를 쳐주고

자신의 기타를 든 다음에 자신이 노래를 부를 차례라며 연주를
시작했다.

> 만남은 하주 다리 위에서 헤어짐은 하주 다리 위에서.
> 고통에는 위아래가 없고 강물만 흘러갈 뿐이네.
> 어두운 밤 하주 다리를 지키는 사자의 눈빛은 꺼지지 않는다네.
> 산 자도 죽은 자도 모두 하주 다리 위에서 만나리.

시인의 다리, 하주 다리에서는 가난한 이도 이방인도 누구나
시인이 되고, 악사가 된다. 시와 음악에 재주가 없더라도 괜찮다.
이곳에서는 누구나 훌륭한 관객이 될 수 있다.

왜 그게 문제가 되나요?

이스파한에서 일주일이 지났다. 나는 하주 다리를 매일 다녔다. 그곳에서 사람을 만나는 일이 즐거웠다. 사무적일 필요도 없었고, 거짓말을 지어낼 필요도 없었다. 있는 그대로의 나의 모습으로 하주 다리 위를 걸어 다녔다. 그러다가 한국에서는 절대로 있을 수 없는 일이 일어났다. 어떤 페르시아 미녀들이 나에게 말을 걸어왔다.

"저기 한국인, 북에서 왔어요. 남에서 왔어요."

"살람, 저는 주몽이에요."

그녀는 웃으며 친구들 어깨 사이로 얼굴을 묻었다.

"농담이에요. 저는 두에요. 남쪽에 있는 코리아에서 왔어요."

그녀들은 한국의 드라마, 노래에 대해서 여러 가지를 물었다. 그리고 내 양옆으로 다가와 사진을 찍었다. 한국에서는 절대로 일어날 수 없는 일이었다. 나는 인기배우라도 된 양 공책을 꺼내서 그녀들의 이름을 한글로 적어줬다.

"이름이 뭐에요?"

"마르지에예요."

나는 공책에 한글로 '마르지에'라고 크게 쓴 뒤, 내 이름도 아래에 적어줬다. 그리고 더 멋있어 보이기 위해서 한자로 내 이름을 더 써넣었다. 그러자 그녀도 내 공책 뒷장을 펼쳤다.

"이름이 뭐에요 주몽? 진짜 당신의 이름이요."

나는 공책에 써준 글자를 하나씩 짚어가며,

"나는 두에요."

그녀는 정성스럽게 내 이름을 적고 그 아래에 신의 축복을 비는 시 한 구절을 적어주었다. 그리고 그녀는 나에게 물었다.

"두, 그러면 이제는 어디로 갈 거예요?"

"터키로 갈 건데, 어떻게 가야죠?"

"테헤란에서 비행기를 타고 가세요."

"비행기는 비싸요. 육로로 가야 돼요."

"그러면 도그아벳지로 가서 국경을 넘으면 돼요. 거기에서는 아라랏 산도 보여요."

"그래? 그 노아의 방주가 있는 아라랏 산말이죠?"

"어, 근데 두는 어떻게 노아의 방주를 알아요?"

"그거 성경책에 있는 이야기잖아요."

"어 코란에도 노아의 방주 이야기가 있어요."

나는 그리스도교와 이슬람교가 상당히 많은 부분의 신화를 공유하고 있다는 것을 알고는 있었지만, 책이 아닌 살아있는 사람의 입으로 확인해 보기는 처음이었다. 그녀는 자신의 휴대전화를 꺼내들어 이것저것을 검색하기 시작했다. 그리곤,

"두, 도그아벳지 쪽으로는 못 가겠는데요. 지금 무슨 이유인지는 모르겠지만 국경이 닫혔어요."

"그러면 어떻게 가지? 비행기는 비싼데…."

"오루미예로 가세요. 거기에서도 국경을 넘을 수 있어요."

"아 근데 아라랏 산이 너무 보고 싶은데. 어떻게 하지?"

"나도 아라랏 산을 못 봐서 모르겠어요. 그런데 오루미예에는 교회가 많아요. 아직도 도시 인구의 반이 그리스도인이랍니다."

"뭐 그게 가능해요? 여기는 이란이잖아요!"

"그게 왜 문제가 되나요?"

나는 마르지에게 한 방 얻어맞은 것 같았다. 종교가 다른 것

이 무엇이 문제가 되는가. 내가 한국에 있었을 때 방송에서는 매일같이 종교문제를 가지고 보도를 했다. 이슬람과 그리스도교 사이의 다툼을 자극적으로 보도했다. 더욱이 친서방, 친그리스도교 국가인 한국에서 이슬람은 무언가 극단적이고, 폭력적인 모습으로만 그려졌다.

이런 허상으로 가득했던 나에게 마르지에의 질문 하나는 나의 허상을 깨뜨려줬다. 나는 신성이슬람국가인 이란의 국경선 안에 그리스도인들이 무슬림과 더불어 살고 있는 모습을 직접 두 눈으로 보겠다고 생각했다. 흑과 백, 선과 악, 빛과 어둠, 참과 거짓, 이슬람교와 그리스도교, 만남과 헤어짐, 삶과 죽음, 이 둘의 모순 사이를 비집고 나를 채워줄 작은 이야기가 오루미예에는 있을 것 같았다.

야간버스

나는 오루미예로 향하는 버스에 올랐다. 무거운 시동을 건 버스는 아스팔트를 짓누르며 터미널을 빠져나갔다. 오후의 태양은 차창을 뜨겁게 달구었다. 내가 커튼을 치고 조용히 눈을 붙이려고 할 때 옆자리에 있는 한 남자가 말을 건넸다.

"살람, 반가워요. 이란에 온 걸 환영해요."

"살람, 나도 반가워요."

"어디로 가시나요?"

"오루미예라는 곳을 가는데, 뭐 아는 게 없네요."

"아 그래요? 나도 오루미예로 가는 길이요. 거기서 다시 버스를 갈아타서 터키의 반으로 갈 예정이라오."

"터키요? 무슨 일로 가시나요? 일이 있나요?"

"아니 사실 나는 쿠르드족이에요. 반에 있는 가족을 만나러 갑니다. 오루미예라면 우리 쿠르드족들이 많이 거주하고 있는데."

나는 가끔씩 해외뉴스에서 쿠르드족이 터키정부를 향해 반정부 활동을 펼치는 영상 또는 터키정부가 쿠르드족을 강경하게 탄압하는 영상을 떠올렸다. 영상에서만 보던 그 쿠르드족이 내 옆자리에 앉았다.

"터키 정부가 더 강하게 쿠르드족을 몰아내고 있죠?"

"늘 있어 왔던 일이에요. 그나저나 국경을 넘어야 하는데, 그나마 오루미예 쪽 국경이 검사가 덜하지요. 자주 왕래가 오고 가니, 북쪽 도그아벳지 쪽으로 넘는 건 여간 쉽지가 않아요. 그리고 아르메니아를 경유한다고 해도, 아르메니아와 터키는 국경을 못 넘으니깐 조지아까지 거슬러 올라갔다가 내려와야 하죠."

한동안 이란과 터키 아르메니아와 이라크까지 전역에 걸친 쿠르드족의 이야기는 버스의 차창이 붉은빛을 반사시킬 때까지 계속됐다. 그리고 그의 이야기가 끝나갈 무렵 나는 커튼을 걷고 식어 가는 하늘을 바라봤다. 짙은 푸른빛이 붉은 노을빛을 뒤덮었다. 버스 안 공기는 점점 서늘하게 식어갔고, 승객들은 가방에서 주섬주섬 외투를 꺼내고 버스의 밤을 맞을 준비를 시작했다.

그리고 버스 안의 밤이 시작됐다. 규칙적으로 쇳소리를 내는 엔진소리와 이따금 덜컹거리는 충격이 이어졌다. 잠들 수 없는 버스의 밤은 나를 지치게 만들었다. 버스 승무원이 나눠 준 간식은 입에 댈 수도 없었다.

나는 몸 곳곳으로 파고드는 추위로 인해 몸을 웅크렸다. 옆에서 자던 쿠르드족 청년이 졸린 몸을 움직여 가방에서 남는 외투 하나를 꺼내주었다. 나는 사양 없이 받아서 몸을 덮었다. 버스는 계속 달렸고 창가에는 이슬이 맺히기 시작했다. 버스 안 공기는 습해지고 숨을 들이쉬기가 어려웠다.

나는 야간버스가 싫었다. 늦은 밤 버스에 올라 다리도 제대로 뻗지 못하고 열 시간 때로는 스무 시간 이상을 앉아서만 이동하면 몸은 녹초가 되었다. 성격도 예민해서 몸이 불편하면 제대로 잠에 들지도 못했다. 그리고 무엇보다 홀로 버스를 타고 깊은 밤을 횡단하고 있노라면 헤어짐의 기억이 엄습해왔다.

그녀가 어떻게 하루아침에 싸늘하고 사무적으로 바뀔 수 있었는지, 그 이유가 무엇인지, 무엇을 잘못한 것인지 물어볼 시간조차 주어지지 않았다. 왜 헤어져야 하는가. 어쩌면 나에게는 헤어졌다는 사실보다 내가 그녀에 대해서 그동안 아무것도 알지 못하고 있었다는 사실이 더 절망스러웠을지도 모른다. 그래서 기억 속에서라도 그녀의 모습을 끄집어내어 여러 가지 질문을 던져보지만 돌아오는 것은 허탈한 상상뿐이었다.

새벽을 달리던 버스가 한 번 덜컹거리더니 버스 운전사는 차를 세웠다. 그리고 버스에 이상이 있는지를 확인하기 위해서 내렸다. 그때 잠에 들지 못한 다른 승객들도 뻐근한 몸을 일으켜 버스 밖으로 나왔다. 나도 잠든 쿠르드족 청년이 깨지 않도록 몸을 조심히 움직여 버스 밖으로 나왔다. 그리고 허탈한 상상을 날려 보내기 위해서 담배 한 대를 태우며 싸늘하게 식은 밤하늘을 올려다봤다. 건조하고 차가운 이란의 밤하늘 위에는 많은 별들이 깨끗하게 반짝이고 있었다. 은하수는 보이지 않았지만 내가 뿜어낸 담배연기가 별들을 이어주며 은하수 같은 영상을 만들어냈다. 이런 장난을 몇 번 반복했다. 담배 한 대를 더 태우려 주머니를 뒤지는 도중에 운전사는 어서 버스에 오르라고 재촉했다.

밤공기로 싸늘해진 몸은 슬슬 잠을 청했다. 이제는 잠들 수 있으려니 싶을 때 아버지의 기억이 또다시 엄습해 왔다. 마지막 스스로의 삶을 마치셨던 모습이 떠올랐다. 나는 다시 정신이 번쩍 들어 기억의 바짓가랑이를 붙잡았다. '왜 그러셨는지, 무엇이 미안한 건지, 정직하게 사셨던 당신이 무엇을 잘못하신 건지.' 평소엔 아버지와 둘만 있는 것이 몹시도 어색했던 나였는데, 이제는 아버지에게 물어보고 싶은 게 너무나도 많았다. 이제는 들을 수 없는 대답만을 기다리고 있다. 그렇게 기다림은 나를 끝까지 괴롭히다가 새벽이 되어서야 놓아줬다.

오루미예 앞에서

검푸르던 하늘 위로 하얀빛이 감돌기 시작했다. 보랏빛으로 번져가는 계조는 점점 붉은 빛으로 바뀌어 갔다. 머지않아 새하얀 해가 오루미예 호수 위로 떠올랐다. 차창의 커튼 사이로 빛이 새어들었다. 버스의 핸들이 호수 주변에 난 도로를 따라 이리저리 방향을 바꾸었다.

나는 습기가 가득 찬 호흡을 크게 들이쉬고 내쉬며 두 눈을 비볐다. 습해질 대로 습해진 공기는 숨을 쉬어도 쉬는 것 같지 않았다. 커튼을 열면 주변 사람들이 일어날까 봐 조심스레 앞 커튼과 뒷 커튼 사이 틈으로 얼굴을 파묻고 창문을 살짝 열어 밖을 내다봤다. 코가 가장 먼저 오루미예에 가까워졌음을 알아차렸다. 차가운 공기에 소금기가 가득한 오루미예 호수의 냄새가 버스 안을 가득 채웠다.

눈앞에는 아직 밤의 색을 머금은 오루미예 호수 위로 하얀 햇빛이 여러 갈래로 갈라지면서 하늘과 호수 사이에 수많은 색들이 펼쳐졌다.

버스가 잠시 멈춰 섰다. 그리곤 운전사는 잠자고 있는 승객들을 깨우고 차창 커튼을 모두 열었다. 습했던 공기 탓인지 사람들은 일어나자마자 창문을 열었다. 서늘한 새벽공기가 승객들을 맞았다. 그리고 군인이 들어와 모두 내리라는 지시를 했다. 승객들은 일제히 짐을 들고 내렸다. 버스는 오루미예로 들어가는 검문소 앞에 서 있었다. 검문소에는 군인 몇 명이 경계를 서고 있었고, 몇 명은 버스를 수색했다. 신분증 검사가 이뤄지고 다시 모두들 버스에 오르라는 지시가 떨어졌다. 한 군인은 나를 따로 불러 세우더니 몇 가지를 더 물어봤다.

"한국? 남? 북?"

"남쪽이요."

"오르미에에는 왜 왔지요?"

"터키로 가려구요."

군인은 나의 여권 여기저기를 들춰보고 다시 나에게 건네줬다.

"오루미예에 오신 걸 환영합니다. 주몽."

나는 갑자기 군인이 나를 주몽이라고 불러서 당황했다. 이란에서 한국드라마 '주몽'이 시청률 육십 퍼센트를 넘었다는 소문을 듣기는 했지만, 군인마저 나에게 주몽이라고 할 거라곤 상상도 못했다.

"주몽은 아니고, 두입니다."

"두! 오루미예에 오신 걸 환영해요. 두스트!"

환대를 받고 나는 다시 버스에 올랐다. 그리고 바리케이트 넘어 곧게 뻗은 오루미예 호수 도로를 바라봤다. 버스는 다시 한참을 오루미예 호수 도로를 달렸다.

도로가 끝나는 곳 반대편 바리케이트와 검문소가 있었다. 들어올 때와 같은 검문검색 뒤에 오루미예로 들어섰다. 터미널까지 가는 길 양옆엔 해바라기밭이 있었다. 수확철이 지나서인지 여기저기 듬성듬성 해바라기들이 남아 있을 뿐이었다.

5부
일상을 견디다

호잣은 오루미예로 돌아온 뒤 일자리를 찾았다. 작은 도시인 오루미예에서 호잣이 할 수 있는 일은 한정적이었다. 터키와의 무역상 아래서 일을 하거나 몇 안 되는 호텔에 취직하는 것 정도가 할 수 있는 일이었다.

그런데 운이 좋게도 오루미예 시장 맞은편 호텔에서 호잣에게 일자리를 내주었다. 조금 배워놓은 영어와 일본어가 도움이 되었던 모양이다. 그러나 그의 외국어 실력이 무색하게도 최근 지속되고 있는 미국의 경제제재로 인해 유럽 및 아시아 국가 관광객이 눈에 띄게 줄었다. 변방의 작은 도시인 오루미예를 찾는 발길은 더욱 찾아보기 힘들었다. 그나마 아랍에서 온 여행객이거나 터키 국경을 넘기 위해 오루미예에 머무는 이란 사람들이 전부였다. 오랜 시간을 기다리기만 하는 일은 호잣을 지치게 했다.

때론 프론트에 앉아 있는 것이 민망해서 청소를 하거나 호텔 차량을 운전했다.

호잣은 먹고 살기 위해서, 남은 가족만큼은 지키기 위해서 열심히 일했다. 반복되는 일상을 유지하기 위해서 최선을 다했다. 문득 헤어진 사람의 기억이 엄습해오면 잠시 큰 숨을 내쉬고 호흡을 가다듬었다. 그리고 기도라는 것도 하게 되었다. 그리고 일이 끝나면 호텔 옆 작은 모스크로 향했다.

호잣은 하루의 끝을 알리는 아잔 소리와 함께 기도의 자리로 들어섰다. 그는 기억과 기다림 사이에서 두 무릎을 꿇었다. 두 손을 내려놓았고, 이마를 땅에 박았다. 자신 안에서 스멀스멀 올라오는 금기의 질문이 불쑥 솟아오를 때면 두 손을 천장을 향해 들어올렸다. 아버지는 무엇이 미안한 건지, 쉬미나와 마리나는 어떻게 살고 있는지 누구에게도 대답을 구할 수 없는 호잣은 기도하기 시작했다.

기다림의 시간은 호잣의 숨을 조여 왔다. 호잣은 긴 시간을 견디어 내고 있었다. 그리고 매일같이 무릎을 꿇는 카펫에는 호잣의 무릎자국이 움푹 파이고 색이 바래져 갔다. 도무지 익숙해지지 않는 기억의 엄습과 기다림의 지난함은 호잣의 몸에 변화를 주었다. 가슴 전체가 뜨거운 공기로 먹먹히 차오르더니 이 공기가 이윽고 덩어리가 되어 가슴을 무겁게 짓눌렀다. 그러면 호흡이 거칠어지고 그때마다 호잣은 기도의 자세를 더욱 가다듬었다.

호잣은 이렇게 기다리는 법을 배우고 있었다. 그리고 이 길고 긴 기다림이 삐뚤어지지 않게 소중하게 다듬는 일이 기도라는 것을 알아갔다.

뜻밖의 노래

호잣은 호텔에서 일하면서 나심이라는 젊은 여성을 알게 되었다. 눈으로만 주고받던 인사에 지쳐 목소리로 인사를 건넸을 때 그녀는 대답이 없었다. 나중에 알게 된 일이지만 그녀는 매일 귀에 이어폰을 꽂고 일을 하고 있었다. 호잣은 그녀의 히잡 아래 목덜미에 드러난 검은색 이어폰 줄을 보고 알아차렸다. 호텔 총지배인이 그녀가 근무 중에 음악을 듣고 있다는 것을 알게 되자 호잣에게 주의를 주라고 했다. 호잣은 호텔 복도 구석에서 쉬고 있는 그녀에게 다가갔다.

"무슨 음악을 좋아해?"

그녀는 흠칫 놀라며 대답했다. 그리고 히잡과 귀 사이 이어폰을 뺐다.

"어… 죄송해요. 다음부터는 안 그럴게요."

"뭘 안 그러겠다는 거니?"

"제가 이어폰 꽂고 일하는 것 때문이죠?"

호잣은 그녀가 먼저 자신의 잘못을 말할 줄은 몰랐다. 호잣은 살짝 당황스러웠지만 내색하지 않고 아무렇지 않게 질문을 이어나갔다.

"음… 무슨 잘못을 했는지 알았다면 굳이 이야기할 필요는 없겠네. 그건 그렇고 무슨 음악을 좋아하니?"

그녀는 아무 대답 없이 이어폰을 호잣에게 내밀었다. 호잣은 그녀의 이런 행동이 낯설었다. 그리고 영문도 모른 채 그녀가 건네는 이어폰을 받아 들고 귀에 꽂았다. 그녀가 재생버튼을 누르자 이어폰에서는 알 수 없는 말로 된 노래가 흘러나왔다. 그녀는 호잣이 이어폰을 꽂고 있는 것도 모르고 자신이 이어폰을 꽂고 일해야만 하는 나름대로의 이유를 늘어놓았다.

알아듣지 못할 한국노래의 노랫말과 나심의 말이 섞이며 호잣은 무엇에 집중해야 할지 몰라서 이어폰을 빼고 나심의 이야기를 들었다.

"한국 노래예요."

"한국 남? 북? 어느 쪽?"

"그런 건 잘 몰라요. 그냥 케이 팝이에요."

그녀는 다시 자신의 사정을 설명했다.

"사실 한국에 가보고 싶은데 갈 수가 없어요. 너무 가난해서 갈 수도 없고, 학교에서는 여자라서 보낼 수 없대요. 아버지도 무슨 공부냐며 결혼이나 하래요. 사실 계속 한국 노래랑 드라마를 보며 따라하고 있었어요. 언젠가 노력하다 보면 갈 수 있는 기회가 있을 거라고…."

호잣은 그녀에게 해줄 말이 없었다. 그녀의 앞날은 대충 예상할 수 있었다. 용기를 가지고 도전하라고 하기에는 지금 맞닥뜨린 현실을 잘 알고 있었다.

그녀는 둘째 누나 쉬미나가 터키 국경을 넘었을 때의 나이로 보였다. 그날 이후로 두 사람은 서로에 대한 이야기를 조금씩 보태어 대화를 나눴다. 그녀는 호잣이 테헤란과 이스파한에 있었다는 것, 그리고 일본에 가려고 준비했다는 것을 알게 되었을 때 감출 수 없는 질문을 쏟아냈다. 호잣은 많은 것을 대답해 줄 수 없었다. 꿈꾸는 그녀를 실망시키고 싶지 않았다.

"뭐, 다 잘 안됐어."

호잣은 짧은 말 한마디로 대화를 서둘러 마쳤다.

며칠이 지나 호잣이 예약이 잡힌 방을 확인하러 올라갔다. 그녀는 대야에 대걸레를 적신 뒤 복도를 훔치고 있었다. 그리고 그녀는 들리지 않는 작은 목소리로 노래를 흥얼거렸다. 호잣은 살짝 눈인사를 나누고 방을 확인했다. 일이 끝날 무렵 나심이 먼저 프론트 쪽으로 내려왔다. 그리고 주위를 살피더니 호잣에게 뛰어와 이어폰을 내밀었다.

"아무도 없을 때 어서 들어봐요."

"뭐야?"

"아, 어서요."

호잣은 나심의 행동에 조금 놀라기는 했지만 이어폰을 귀에 꽂고 흘러나오는 노래를 들었다.

"제가 제일 좋아하는 노래예요."

한마디도 알아들을 수 없는 한국말 노래가 흘러나왔다. 나심은 인기척을 살피더니 이어폰을 빼고 휙 돌아섰다. 그리고 살짝 미소를 짓더니 퇴근했다. 호잣도 교대준비를 마치고 모스크로 향했다. 모스크로 향하던 중 문득 자신이 나심이 들려준 노래를 흥얼거리고 있었음을 알아차렸다.

한마디 말의 실마리

호잣의 일상은 계속되었다. 여느 하루와 별반 다르지 않은 하루가 끝났다. 아잔 소리가 오루미예의 저녁을 알렸다. 아무렇지 않게 기도를 마치고 집으로 향하던 중 호잣의 가슴속에서 무언가 뜨거운 것이 솟구쳐 올라왔다. 그가 오랜 세월 기억과 싸우며 기다림을 견뎌온 기도가 드디어 그 대답의 실마리를 보인 것 같았다. 호잣은 서둘러 발길을 돌려 모스크로 향했다. 들어가자마자 언제나 같은 자리, 오랜 시간과 눈물로 채워진 자리에 두 무릎을 꿇었다.

호잣이 젊은 날 살았던 모든 시간들이, 그가 겪었던 너무나도 아팠던 헤어짐이, 실패하고 좌절했던 순간들이, 방황하고 무미건

조했던 일상들이 모두 이유가 있었던 것만 같았다. 아니 반드시 이유가 있어야만 했다. 호잣은 기억 속에서 헤어진 사람들을 불러냈다. 그렇게 울고 싶었던 순간을 모두 끄집어냈다. 그리고 그때의 순간과 정면으로 마주했다.

호잣은 둘째 누나 쉬미나를 터키 국경으로 떠나보낼 때 하고 싶었던 말, 아무것도 못해줘서 도와줄 수 없어서 미안하다고, 누나를 너무 사랑한다고, 꼭 행복하기를 바란다고, 신이 있는지 없는지는 모르겠지만 모든 좋은 것들을 누나에게 선물로 주기를 바란다고, 그렇게나 외치고 싶었다.

호잣은 처음으로 사랑한 마리나를 향해 그렇게 하고 싶었던 말, 자신의 이름을 불러줘서 너무도 고마웠다고, 마리나를 보려고 기다린 시간이 너무나도 행복했다고, 함께 걷는 것이 기쁨이었다고, 좋아한다고 말하지 못한 게 너무나도 후회가 된다고 그렇게나 외치고 싶었다.

호잣은 아무런 말이 없었던 아버지에게 묻고 싶었던 말 그리고 하고 싶었던 말, 왜 아버지가 미안해 하냐고, 오히려 생명을 주신 당신을 하나도 모르는 내가 너무나도 미안하다고, 아버지는 최선을 다해주셨다고, 걱정 말라고, 미안하다고 말하지 말고 사랑한다고 말해달라고, 미안한 건 오히려 자신이라고 그렇게나 외치고 싶었다.

한마디의 말, 호잣이 그렇게 기다리고 기다렸던, 삐뚤어지지 않게 소중하게 다듬어온 기억이 분해되고 섞이기 시작했다. 그러자 어디선가 나심이 들려준 한국의 가락이 들려왔다. 그 가락 위로 페르시아의 시인 잘랄 앗딘 루미의 시가 올라탔다. 그리고 한 곡의 노래가 되었다.

같이 가요. 같이 가요.

들판에 꽃이 활짝 피었어요.

같이 가요. 같이 가요.

연인의 시간이에요.

세상의 모든 영혼은 다함께 가요.

함께 가서 태양의 황금빛 화살에 몸을 담궈요.

반쪽을 찾지 못한 늙은이를 비웃어요.

연인이 떠난 외로운 그를 위해 울어줘요.

모두 일어나서 소식을 전해요.

들뜬 이가 쇠사슬을 끊고 요새를 탈출했어요.

마음껏 북을 두들기며 침묵을 지켜요.

영혼이 벗어나기 전에 마음과 가슴은 달아났지요.

심판의 날 같은 대단한 날이에요.

삶의 기억이 무력해지며 힘을 잃었어요.

침묵을 지켜요.

히잡을 벗지 마요.

이제 과거는 보내고 달콤한 포도를 따요.

6부

두 이야기가 한마디 말로

호잣이 일하는 호텔 근처가 갑자기 떠들썩하기 시작했다. 많은 사람들이 한 곳에 모여들기 시작하며 웅성거렸다. 나는 택시 운전사와 다투고 있었다. 호잣도 무슨 일인지 확인하기 위해서 사람들 틈을 비집고 들어갔다.

나는 서툰 영어로 '노라고 말했고, 택시 운전사는 자기도 '노라고 하며 페르시아어로 설명을 덧붙였다. 내용을 들어보니 택시 운전사는 약속된 장소보다 더 많이 운전을 했으니 돈을 더 내라는 것이었다.

나는 처음에 약속한 만큼의 돈만 주겠다고 우겨댔다. 사실 둘이 주장하는 금액의 차이는 오만 리알로 오 달러가 되지 않는 금액이었으나 다툼의 양상은 어느덧 자존심 문제로 번지고 말았다.

주차단속을 하는 순경 두 명도 와서 둘 사이에 중재에 나섰으나 좀처럼 해결되지 않았다. 주변에 모여든 시민들도 팔 만 리알로 해결하자고 중재에 나섰지만 좀처럼 택시 운전사는 포기하지 않았다. 심지어 십오 만 리알을 내라며 목소리를 높였다. 옆에 가게를 보고 있던 아저씨 한 명이 나와서 구만 리알로 결정을 한 뒤 나에게 돈을 받고 택시 운전사에게 강제로 쥐어주었다.

나는 화가 나서 트렁크에 배낭이 있다며 신경질적으로 가리켰다. 택시 운전사는 더 화가 나서 트렁크를 열고 커다란 가방을 내팽개치려고 했다. 그런데 배낭이 크고 무거워서 트렁크에서 좀처럼 빼내지 못했다. 나는 아무렇지 않게 트렁크로 가서 배낭을 번쩍 들고 트렁크를 신경질적으로 닫았다. 택시 운전사는 뭔가 더 싸움을 걸려고 했으나 주변 사람들의 손에 이끌려 자신의 택시에 올라 자리를 떴다.

그리고 남은 시민들은 나에게 모여들어 사진을 찍기 시작했다. 오랜만에 한국 드라마 주몽에서 보던 동양인이 오루미예를 찾은 것이다. 사람들은 나에게 '주몽'이라는 말을 건네며 같이 사진을 찍었다.

호잣은 왠지 이 쌈닭 같은 사람이 자기가 일하고 있는 호텔로 올 것만 같았다. 그 예상은 그대로 들어맞았다. 오루미예에서 저렴한 숙소를 한참 동안 찾아 헤맨 나는 커다란 배낭을 메고 지친 얼굴로 호잣 앞에 서서 물었다.

"방 제일 싼 게 얼만가요?"

호잣은 접수대 위 호텔 요금표를 가리키며 환영의 인사를 건넸다. 그리고 요금표를 보여주며 설명을 했다. 나는 더 이상 선택의 여지가 없어서 제일 싼 방을 고른 뒤 짐을 내려놓았다. 나는 방에 들어가고 두어 시간이 흐른 뒤 호텔 프론트로 내려왔다.

"와이파이 있어요?"

호잣은 의아했다. 어째서 이곳까지 와서 인터넷을 찾는지 궁금했다.

"와이파이는 없고 인터넷이 가능한 노트북 한 대가 있습니다."

"아 그러면 안 되는데… 방은 비싼데 왜 와이파이가 없는 거지!"

나는 호텔 프론트를 뜨지 못하고 중얼중얼거리며 서성거렸다. 그러자 호텔 사장은 나에게 다가가서 이렇게 말했다.

"당신은 여행자가 아닌가요? 그런데 왜 여기까지 와서 누군가에게 연락을 하려는 거죠? 누군가에게 연락을 하기 위해서라면 여기까지 올 필요는 없었을 텐데요."

나는 호텔 사장의 말에 수긍하지 않았다.

"사실 인터넷도 그렇게 필요하지는 않습니다만."

"그런데 왜 이렇게 있지도 않는 와이파이 때문에 이러는 거죠? 그리고 이란은 인터넷을 통제하고 있어서 당신들이 원하는 인터넷 사용은 어려울 거예요."

"알고 있습니다. 다만 삼 일 뒤 터키로 가야 하는데, 터키 친구에게 이란에서 넘어간다는 연락을 해놓아야 해서요. 아마 친구도 기다리고 있을 거예요."

"뭐 어쩔 수 없지."

호텔 사장은 사정을 듣고 허허 웃더니 노트북을 꺼내 호잣에게 맡기며 나를 도우라고 지시했다.

인터넷 연결은 좀처럼 되지 않았다. 나는 이메일 계정이 해외 계정이어서 제대로 접속이 안 된다고 했다. 하지만 어찌어찌하여 결국엔 두 줄의 메시지를 보냈다. 나의 까다로운 요구가 끝나자 호잣은 제대로 다시 인사를 건넸다.

"반갑습니다. 저는 호잣입니다. 어디서 오셨나요?"

"반갑습니다. 호잣, 저는 한국에서 왔습니다. 저는 두입니다."

"오 두! 좋은 이름인데요. 이란에서 친구는 두스트라고 하는 거 아세요?"

"네 들었어요. 그래서 두라는 이름이 더 좋아졌어요."

"반가워요. 두. 그러고 보니 주몽을 닮았네요."

"이런… 호잣, 동양인이라고 다 비슷하게 보이는 거겠지요."

서로 소개가 끝나자 호잣은 조심스레 나에게 물었다.

"오루미예는 여간해선 잘 안 오는 곳인데 어떻게 오셨나요?"

"제 종교를 찾아보려고 왔어요. 그리고 국경도 넘고."

호잣은 처음에 그가 무슬림이 될지 그리스도인이 될지 고민하는 것으로 생각했다.

"그러면 제가 오루미예 가이드해도 괜찮을까요? 오루미예는 좋은 곳이 많습니다. 제 안내가 있다면 더 즐거울 것입니다."

"아니에요. 괜찮아요. 제가 가진 돈이 별로 없어요. 괜찮습니다."

나는 손사래를 치며 거절했다. 호잣은 당황했다. 그리고 나에게 되물었다.

"왜 나의 고향을 소개하는데 돈을 받아야 하죠? 우리 오루미예에 와주셔서 환영하고 감사한 마음입니다. 돈은 필요 없습니다."

관광산업이라는 이름아래 나는 자신이 사는 삶의 터전을 상품화시키는 데 익숙해져 있었다. 이런 나에게 호잣의 말은 큰 충격이었다. 내가 사랑하는 고향을 소개하는데 왜 돈을 받아야 하는가.

호잣의 안내

나는 호잣과 함께 호텔 밖을 나섰다. 호잣은 먼저 나를 해군기지 박물관으로 데려갔다. 지금은 호수의 물이 점점 말라가 유명무실해졌지만 예전 오루미예 호수에 물이 가득했을 때에는 해군은 도시 경비에 중요한 역할을 맡았었다. 호잣의 생각과는 달리 나는 박물관에 그다지 흥미가 없었다. 짧게 박물관 구경을 마친 뒤 해군기지 밖으로 나왔다. 호잣은 나에게 어딜 보고 싶은지 물어보았다.

"호잣, 내가 얼핏 듣기로 이곳에 그리스도인들이 살고 있다고 하는데 정말이에요? 사실 그 교회들이 너무 보고 싶어요."

"네, 저쪽으로 가면 교회들이 있어요."

"아, 정말이구나. 그리고 여긴 왠지 다른 곳보다 여성들이 히잡을 살짝 얹어 놓은 거 같아요."

"그리스도인 여성들은 히잡을 쓰기 싫어하죠. 사실 그건 무슬림도 그래요. 모든 여성은 히잡을 싫어하죠. 그러면 오루미예에 있는 교회들을 보러 가실까요?"

우리들은 시내를 가로질러 교회를 향했다. 번화한 거리를 지나면서 호잣과 나는 주변사람들로부터 주목을 받았다. 주몽의 나라에서 온 동양인을 실제로 처음 보는 사람들은 나에게 다가와 사진을 같이 찍고 반가움의 인사를 나누었다. 뜻밖의 환대에 나는 얼떨떨했다.

"이곳은 루터교 교회입니다. 이곳 관리인이 제 지인인데 교회 내부를 볼 수 있는지 부탁할게요. 잠시만요."

호잣은 관리인과 잠시 대화를 나눈 뒤 나에게 들어오라는 손짓을 보냈다. 고딕 형식의 교회 첨탑 아래 난 문을 통해 교회 관리인과 함께 호잣과 동양인은 교회 안에 들어섰다. 교회 내부는 루터교답게 특별한 색상의 스테인드글라스나 조각상은 없이 간소한 벽면에 심심한 의자들이 나란히 놓여 있었다. 그리고 벽 쪽 책장에는 성서가 빼곡히 꽂혀 있었다.

루터교회 밖을 나와 아르메니안 교회도 잠시 둘러보았다. 호잣은 나에게 물었다.

"왜 교회를 많이 보러 가자는 거죠? 오루미예에는 볼거리들이 많이 있습니다."

"이란에서 모스크는 많이 봤어요. 그런데 오루미예는 모스크 만큼이나 교회가 있다고 들어서 직접 눈으로 봐 두려구요. 뭐랄까 무슬림이랑 그리스도인은 사이가 안 좋을 거 같은데 여기에서는 어떻게 잘 산다고 하던데."

"아 그렇군요. 저는 어릴 때부터 너무 당연한 일이어서요. 저기 보이는 저 건물 있죠? 교회처럼 보이죠?"

"아 정말 첨탑이니 지붕 모양이니 다 교회 같은데요?"

"저게 사실은 모스크예요. 예전에는 교회로 지어졌는데 신자가 줄어들면서 모스크가 되었죠. 또 반대로 예전엔 모스크였다가 교회가 된 건물도 있어요."

나는 도로를 가로질러 지금은 모스크가 된 건물 앞에 서서 영어로 된 안내 표지판을 읽어 보았다. 모스크 안에는 카펫이 깔려 있었고, 이전에는 보지 못했던 의자들이 건물의 방향과는 조금 틀어진 채 같은 방향을 향해 놓여 있었다.

"호잣, 저는 모스크에서 의자를 본 적이 없는데 여기엔 의자가 있네요. 그리고 이 의자들은 왜 삐딱하게 놓여 있죠?"

호잣은 카펫 무늬의 결과 나란히 서 있는 미흐랍을 가리키며 말했다.

"메카가 있는 방향을 향해 의자가 놓여 있는 거예요. 그리고 몸이 불편하신 분들은 카펫에 무릎 꿇고 기도를 할 수 없기에 이렇게 의자를 놓았습니다."

나는 모스크가 된 교회를 몇 바퀴 더 돌아본 뒤 밖으로 나왔다.

둘은 그리스 정교회로 향했다. 저 멀리 솟아 있는 정교회의 교회 종탑이 눈에 들어왔다. 호잣이 마리나를 향하던 길을 따라 정교회 입구에 다다랐다.

"오늘은 정교회 예배가 있는 날입니다. 저는 들어갈 수 없습니다. 두는 제가 부탁을 할 테니 들어가서 보고 오세요."

그리고 입구에 있는 정교회 신자에게 부탁을 하였다. 신자 중 한 명은 나를 데리고 정교회 안으로 들어갔다. 삼십여 분의 시간이 지나고 조용했던 정교회 주변이 웅성거리기 시작했다. 예배가 끝나고 사람들이 밖으로 나오기 시작했다. 히잡을 쓰지 않은 여성들이 당당히 교회 밖을 나서고 골목 귀퉁이를 돌아 머리 위로 살짝 히잡을 올려놓았다.

호잣은 무리 지어 나오는 여인들 무리 속에서 자신도 모르게 마리나의 모습을 찾았다. 마리나는 없었다. 나는 성급히 걸어 나왔다. 그리고 오랜 시간 기다리고 있던 호잣에게 미안한 표정을 지었다. 둘은 거리를 걸으며 정교회 안에서 예배가 어땠는지 정교회 신자들과 나눈 이야기들이 어땠는지 서로 묻고 답하였다.

우리는 나란히 걸었다. 호잣은 나의 묘사 속에서 마리나가 있던 정교회의 모습을 살짝 그려보는 것 같았다. 정교회 지구를 빠져나온 뒤 시내 이곳저곳을 둘러보았다. 그리고 바자르를 한 바퀴 둘러본 뒤 호잣이 어렸을 때부터 찾던 슬러시 가게로 갔다. 거기엔 여전히 슬러시 기계가 돌아가며 탄산음료를 얼음 알갱이 슬러시로 만들어 내고 있었다.

호잣은 나에게 슬러시를 샀다. 나는 돈을 내겠다며 나섰지만, 호잣은 자신의 도시에 와 준 답례라며 종이컵에 든 슬러시를 건넸다. 그리고 주인 아저씨에게 나를 간단히 소개했다. 아저씨는 반가움의 악수를 청한 뒤 같이 사진을 찍자고 했다. 해는 어느덧 기울어 터키 국경 쪽 산으로 넘어가고 있었다.

나의 질문

나는 포도 맛 슬러시를 들고, 호잣은 오렌지맛 슬러시를 들고 몇 송이 남지 않은 해바라기밭에 걸터앉았다. 서쪽으로 넘어가는 노을빛을 바라보며 우리 둘은 이런저런 이야기를 나누었다. 서로 짧은 영어였지만 무엇이든 대화할 수 있었다.

그러다가 나는 이란에서의 내 질문을 해보기로 했다. 떠난 사람에게 기대할 수 없는 대답을 호잣에게 구했는지도 모른다. 내가 날마다 신에게 묻던 질문을, 내가 날마다 사진만 붙들고 그녀에게 묻던 질문을, 내가 날마다 죽은 아버지에게 묻던 질문을 호잣에게 하기로 했다. 만남과 헤어짐이 무엇인지, 삶과 죽음이 무엇인지를 묻고 싶었다. 너와 나는 다르다. 그러나 그것이 끝이 아니다. 흑과 백을, 선과 악을, 참과 거짓을, 만남과 헤어짐을, 삶과 죽음을 가를 수 없는 그 무언가가 있었다.

나시르 알 물크 모스크에서 한 줄기 빛이 흘러나왔다. 그리고 그 빛은 갈라져 수많은 색깔의 빛이 되었고, 이 빛들이 내 몸에 닿자 커다란 노을빛이 되었다. 하주 다리 위에서는 서로에게 이름을 나누어 주었다. 한글로 페르시아어로 정성스럽게 작은 이름을 나누어 주었다.

나는 지금까지 극단 사이를 오갔다. 선이 아니면 악을, 내 편이 아니면 네 편을, 만남이 아니면 이별을, 삶이 아니면 죽음을 선택해야 하는 이 긴장 속에서 괴로워했다. 이 둘의 벽을 넘기 위해서, 이것을 벗어나기 위해서 몸부림쳐 온 것이 이 여행이었다. 이 분법으로 갈라진 세상으로부터 나를 구원할 한마디 말을 찾아서, 이 사랑과 죽음 가운데서 나를 다시 살게 하고, 너와 나를 넘어 다시 사랑하게 할 한마디 말을 찾아서 지금까지 여행을 했을지도 모른다. 나는 호잣에게 물었다.

"호잣, 무슬림이 믿는 신과 그리스도인들이 믿는 신은 다를까?"

호잣의 대답

호잣은 오렌지맛 슬러시를 들고, 두는 포도맛 슬러시를 들고 몇 송이 남지 않은 해바라기밭에 걸터앉았다. 서쪽으로 넘어가는 노을빛을 바라보며 둘은 이런저런 이야기를 나누었다. 서로 짧은 영어였지만 무엇이든 대화할 수 있었다.

호잣은 두가 한국이라는 부유한 나라에 살면서 행복하게 살며 여행을 하고 있다고 생각했다. 그런데 대화를 해보니 두도 한국에서 치열하게 살아온 것 같았다. 믿었던 사람의 배신, 아버지의 죽음, 사랑하는 사람을 더 이상 볼 수 없는 심정, 정형화된 틀에서 기계처럼 일하고 눈치만 보며 살았던 일상에 관한 이야기를 들었다. 두도 더 이상 버틸 수가 없어서 도망쳐 나온 것 같은 기분이 들었다.

어떻게 보면, 호잣이 매일 기도하며 씨름한 세월을 두는 여행을 통해서 살고 있는 것일지도 모른다는 생각이 들었다. 두가 호잣과 만나서 '자신의 종교를 찾고 있다.'는 말 속에는 두가 어떻게 살아왔는지 그리고 앞으로 어떻게 살고자 하는지에 대한 고민이 실려 있다는 것을 느낄 수 있었다.

호잣은 눈을 지그시 감았다. 쉬미나에게, 마리나에게, 아버지에게 하고 싶었던 말이 작은 선율을 따라 호잣의 가슴속에서 뛰기 시작했다. 그리고 이 질문을 한 두도 자기처럼 밤이면 찾아오는 기억의 엄습으로부터 살아남기 위한 한마디 말을 찾으려고 몸부림을 치고 있다는 것을 느낄 수 있었다.

두가 말한 종교라는 것은 어쩌면 호잣의 가슴속에 있는 한마디 말을 찾기 위한 온갖 노력이라는 것을 알 수 있었다. 호잣의 기도와 두의 여행이 다르지 않다는 것을 깨달을 수 있었다. 그리고 오루미예 호수를 바라보았다. 노을빛을 가득 머금은 오루미예 호수는 이미 하늘과 호수의 경계가 없었다. 하늘과 호수는 서로의 빛을 나누어 주었다. 쉬미나와 마리나와 아버지가 하늘과 호수가 하나 된 세상에서 호잣에게 환한 미소를 보내고 있었다. 그 미소는 노래가 되어 오루미예를 감쌌다. 호잣은 그에게 대답했다.

"I believe in harmony in each other."

단 한마디의 말이 끝나고, 둘 사이에 한동안 한동안 침묵이 흘렀다. 나는 깊은 곳에서 솟구치는 눈물을 참을 수가 없었다. 지금까지 버티며 지켜온 가면이 흘러내렸다.

민얼굴로 노을빛으로 물들어가는 오루미예 호수를 바라본 순간 그동안 참아왔던 모든 눈물이 한순간에 쏟아졌다. 호잣도 수많은 날 기도로 채워진 눈물을 쏟아냈다. 둘은 목놓아 울었다.

하루의 끝과 밤의 시작을 알리는 아잔 소리가 울렸다. 아잔 소리는 썩 듣기 민망한 두 남자의 울음소리를 따뜻하게 품어주었다. 그리고 서쪽 국경 너머로 보랏빛이 짙어져 갔다. 그리고 두 이야기는 하나의 이야기가 되었다.

기도와 여행

호잣은 이튿날 아침 나를 한국산 소형 자동차에 태웠다. 나는 그 차를 타고 국경을 넘었다. 나의 배낭은 어느덧 트렁크에 싣지 않아도 될 만큼 작고 가벼워졌다. 호잣은 내가 국경을 넘을 때 신의 축복을 빌어줬다. 호잣이 걸어온 삶과 내가 걸어온 삶이 한마디 말이 되었다.

"I believe in harmony in each other."

모함메드 호잣은 오루미예에 있다. 그곳에서 일상을 살아가고 있다. 그리고 그 일상을 기도로 채워가고 있다. 나는 오루미예를 떠났다. 그리고 그가 준 한마디 말을 우리말로 표현할 수 있을 때까지 계속 여행하고 있다.